Di Raffaele La Capria negli Oscar

*L'estro quotidiano - L'amorosa inchiesta - A cuore aperto*
*Ferito a morte*
*Un giorno d'impazienza*
*False partenze* con *Letteratura e salti mortali*
e *Il sentimento della letteratura*
*La mosca nella bottiglia - Lo stile dell'anatra*
*Napoli*
*La neve del Vesuvio*

RAFFAELE LA CAPRIA

# FERITO A MORTE

Prefazione di Sandro Veronesi

© 2021 Mondadori Libri S.p.A., Milano

I edizione Oscar narrativa settembre 1984
I edizione Oscar Moderni settembre 2016
I edizione Oscar Moderni Cult gennaio 2021

ISBN 978-88-04-73509-0

Questo volume è stato stampato
presso ELCOGRAF S.p.A.
Stabilimento - Cles (TN)
Stampato in Italia. Printed in Italy

 oscarmondadori.it

Anno 2021 - Ristampa 1 2 3 4 5 6 7

librimondadori.it

# Prefazione

di Sandro Veronesi

> Ciò che chiamiamo il principio è spesso la fine.
> E segnare una fine è segnare un inizio.
> 
> T.S. ELIOT, da *Little Gidding* in *Quattro Quartetti*[1]

Cominciamo col dire che *Ferito a morte* va letto d'un fiato, in uno di quei meravigliosi pomeriggi trascorsi senza fare altro che leggere, magari all'aperto, magari in giugno, possibilmente ad alta voce, possibilmente imitando un leggero accento napoletano (anche male, non fa niente), e che, soprattutto, appena finito l'ultimo capitolo va subito riletto il primo. L'ideale sarebbe rileggere tutto il libro, di slancio, e poi rileggerlo ancora, per un totale di tre (3) volte consecutive; ma può bastare anche rileggere una volta il primo capitolo: l'importante è che il libro non venga chiuso e riposto dopo l'ultima pagina, come a sbarazzarsene, perché di *Ferito a morte* non ci si può sbarazzare. È una specie di boomerang: anche se tu volessi scagliarlo con tutte le tue forze il più lontano possibile (per la sua troppa bellezza, mettiamo, per non sentirti inferiore), esso profitterebbe della curvatura dello spazio-tempo e ti ritornerebbe addosso, prendendoti alle spalle, di sorpresa. Perciò, tanto vale rassegnarsi: rileggerlo ogni tanto, e ogni volta rileggersi il primo capitolo appena finito l'ultimo. Io ve l'ho detto, poi fate come vi pare.

---

[1] Traduzione di Raffaele La Capria per l'edizione stampata a Napoli da Ali (Aldo Liguori) nel 1945. Sono i versi dei quali Raffaele La Capria dice, nel libro *Di terra e di mare*, scritto in dialogo con Silvio Perrella (Laterza, Roma-Bari 2018), che potrebbero esser messi a epigrafe di ogni suo libro.

La circolarità (quella dello spazio-tempo, certo, ma anche quella della vicenda narrata, e della scrittura che la narra) è la caratteristica più entusiasmante di questo romanzo, composto in un arco di tempo piuttosto esteso e pubblicato abbastanza tardi, nel 1961, quando Raffaele La Capria aveva 39 anni. Concepito, cioè, cominciato e in buona parte scritto in un mondo diverso da quello che poi lo ha accolto; un mondo in cui non esistevano ancora il presidente Kennedy, l'aeroporto di Fiumicino, l'indipendenza di molti Stati africani, Amnesty International, il Laser, *La dolce vita*, *Nel blu dipinto di blu* e tutte le altre accelerazioni che lo hanno preso a bordo quando è uscito. E questo è solo un esempio della danza prima-dopo che pervade, circonda, contiene e riempie questo romanzo: il Tempo, tiranno in ogni singola pagina, portatore di tristezza, finché scorre, di abbandono, di sconfitta e soprattutto di un mutamento sempre in levare di cose belle, cioè sempre a perdere, o di un accumulo invece entropico e inarrestabile di cose brutte, sempre a perdere anch'esso –, il Tempo tiranno, dicevo, quando quelle stesse pagine vengono cucite tutte insieme smette di scorrere, e soccombe. E quando il tiranno soccombe siamo sicuri di essere nel romanzo – il luogo, come lo definì Jean-Paul Sartre, dove "chi perde vince".

D'altronde, buona parte del romanzo si svolge in un luogo chiamato "Circolo", e proprio in quel luogo, in una stanza inaccessibile del sottosuolo, si sta giocando un'interminabile partita a carte che, per come ferma il tempo, assomiglia tanto alle doglie di Mina Purefoy nell'*Ulisse*, destinata, come quelle doglie, a produrre un abisso improvviso – la completa rovina di qualcuno così come la venuta al mondo di qualcuno.

Mi viene in mente adesso, però, che un altro gran bel modo di leggere *Ferito a morte* – un bel modo ardito, romantico, definitivo – potrebbe essere farlo come si usava vedere i film al cinema negli anni in cui è stato scritto, e si è continuato a fare fino a tutti gli anni Settanta: si usciva di casa quando ci pareva, con le sigarette in mano e qualche soldo in tasca, si andava fino alla sala della quale più ci si fidava, in centro – dal nome grandioso e pieno di storia, Ariston, Gambrinus, Odeon, Eden,

Excelsior – perché è lì che si erano visti i film più belli, si pagava il biglietto e si entrava. Il film era a metà, all'inizio, alla fine? Che importava? Una volta terminato sarebbe ricominciato da capo, e sarebbe tornato al punto in cui eravamo entrati. E allora si apriva un ventaglio di possibilità: si poteva uscire, o rimanere e rivederne un altro po' fino a quella tal scena, o tirare dritto fino alla fine. Quanti film sono stati visti così? E non si sono forse riconosciuti i capolavori, quando c'erano? Allo stesso modo si potrebbe aprire *Ferito a morte* a caso, a pagina 31, per esempio («Pare la cosa più viva del mondo, inguaiato com'è»), o 53 («The greeks used to call the sun / He-who-smites-from-afar, and from here...»), o 94 («I comandi di un timoniere da una jole di passaggio»), andare avanti fino alla fine poi ricominciare dall'inizio, e il suo splendore rimarrebbe inalterato, il Tempo tiranno soccomberebbe comunque e chi perde vincerebbe ugualmente.

Un altro esempio della danza circolare tra il prima e il dopo è dato dal fatto che, considerando l'arco di tempo piuttosto lungo, abbiamo detto, che ha portato alla sua pubblicazione, *Ferito a morte* è stato il luogo nel quale l'autore ha consumato la propria giovinezza: giovane quando lo ha concepito e quando l'ha pubblicato non più; giovinezza che splende nelle prime pagine e che viene solo ricordata nelle ultime; per cui in questo romanzo giovinezza e perdita della giovinezza finiscono per convivere, o addirittura per coincidere – in un modo molto *lacapriano*, viene da dire, anche considerando tutto quello che La Capria ha scritto dopo.

La giovinezza, d'altra parte, è stata un affare molto serio, per Raffaele La Capria – decisamente più serio e impegnativo di quanto lo sia per Massimo De Luca, il protagonista di questo romanzo. Data infatti una sostanziale equivalenza degli stimoli esistenziali (una cornice naturale da paradiso perduto, una pericolosa inclinazione alle immersioni e ai tuffi nel mare, un fratello minore simpatico come un delfino, destinato fin da bambino a «danzare con la vita», come La Capria stesso definisce l'attitudine «inimitabile» di suo fratello Pelos a comporre insieme «fatuità, piccolezze, minuscoli splendori che tutti insieme formano l'esistenza di chi ne è toccato»),[2] gli stimoli culturali sono molto diversi. Massimo sperimenta il riverbero della rinascita intellettuale del dopoguerra unicamente attraverso il personaggio del suo amico Gaetano, simbolo di un'obbligatoria, rinnovata – ma in fondo sempre la stessa, lacerante come al solito – scelta tra illusione (se restiamo, Napoli cambia) e disillusione (Napoli non cambierà mai, emigriamo). La Capria, invece, durante la propria giovinezza è protagonista in prima persona di un'esperienza intellettuale ineguagliabile, rappresentata dai tre anni di vita della rivista «Sud. Quindicinale di Letteratura e Arte», dal 1945 al 1947 – fondata insieme a compagni di strada giovanissimi come lui. Ora io li menzionerò a uno a uno, e tra parentesi metterò l'età che avevano nel '45, quando la rivista fu fondata: Pasquale Prunas, direttore (21), Franco Rosi (23), Luigi Compagnone (30), Antonio Ghirelli (23), Maurizio Barendson (22), Giuseppe Patroni Griffi (24), Tommaso Giglio (22), Mario Stefanile (25), Alberto Iacoviello (25), Raffaello Franchini (25), Ennio Mastrostefano (20), Dante Troisi (25). Raffaele La Capria è del 1922, come i suoi amici Ghirelli e Rosi, perciò aveva come loro 23 anni; a quell'età, dunque, mentre suo fratello danzava con la vita, La Capria si faceva carico insieme a un manipolo di coetanei di *denapolizzare* Napoli, per così dire, introducendo proprio da Napoli il seme della modernità nella cultura italiana tutta, asfissiata dal nazifascismo e dalla guerra. «Sud», infatti, rappresenta una delle primissime porte d'ingresso della grande poesia e della grande letteratura internazionale nella società intellettuale italiana del dopoguerra – e ad aprirla sono stati questi ragazzi napoletani. Altro che Gaetano. A rileggere adesso i pezzi che pubblicavano in quegli anni su «Sud» viene da chiedersi come sia possibile che oggi, 75 anni dopo, siamo conciati come siamo conciati – ma viene anche alla bocca lo stesso gusto amaro e trionfale che ritroviamo nelle pagine di *Ferito a morte*.

Sul primo numero di «Sud», del 15 novembre 1945 (Lire venti), c'è un elzeviro di Luigi Compagnone dal titolo *Essi se ne van-*

---

[2] Raffaele La Capria, in dialogo con Giovanna Stanzione, *La vita salvata*, Mondadori, Milano 2020, p. 41.

*no da Napoli* che potrebbe essere anche il sottotitolo di questo romanzo. Vi traspare, fin dalle prime righe, la forza calma e però anche impaziente di chi sa, ma proprio perché sa è destinato ad abbandonare la partita: «È sempre successo, attraverso gli anni, che molta gente se ne sia andata dalla nostra città...».[3] La stessa forza che anima Massimo davanti alla danza di suo fratello e dei suoi amici, Glauco, Sasà, Guidino Cacciapuoti – personaggi indimenticabili, capaci di concentrare tutta la loro energia nella disputa tra *Clicquò* e *Pommerì* –, e che gli è necessaria per lasciare Napoli. Perché di questo si parla, nel romanzo: della scelta binaria, secca, tra Napoli e qualunque altro posto, tra restare e andare, tra adattarsi alla Foresta Vergine (è così che Gaetano chiama Napoli) e tirarsene fuori, tra respirare nella rinuncia e soffocare nella bellezza. Tra Veuve Cliquot e Pommery, per l'appunto.

In quei tre anni di «Sud» Raffaele La Capria si occupa per lo più di poesia, e in particolare di poeti inglesi – o che hanno scelto l'Inghilterra per viverci: Steven Spender (36 anni), V.H. Auden (38), T.S. Eliot (57), Cecil Day Lewis (41), Dylan Thomas (31) oltre che del non-poeta per eccellenza, Hemingway (46), il quale, proprio per una questione di circolarità, di tutti i poeti novecenteschi può essere considerato il padre. La Capria traduce poesie ancora inedite in Italia, le accompagna con commenti e saggi critici – le intreccia, ecco, in una trama in cui non fa mistero di includere anche la Nuova Napoli Europea prefigurata nelle pagine della rivista, che non prenderà mai il posto della vecchia ma è già prodigioso che esista come idea che sorge dai fumi della guerra. E poiché – l'abbiamo detto – tutti e tre gli anni di vita di «Sud» sono dedicati alla medesima tensione tra Napoli e *altrove* che genera la struttura circolare di questo romanzo, si può ben dire che sia appunto in quei primi tempi del dopoguerra, quando di anni La Capria ne ha ancora pochissimi e li dedica appassionatamente ai poeti e agli scrittori inglesi e americani, che *Ferito a morte* comincia a esistere. Uno dei tanti *prima*.

---

[3] «Sud. Giornale di cultura. 1945-1947», Anno 1, numero 1, ristampa anastatica integrale a cura di Giuseppe Di Costanzo, Palomar, Bari 1994.

Vi è tuttavia un altro tema nel romanzo che non poteva essere presente in «Sud»: la parte più carnale, più sensuale, grazie alla quale la Foresta Vergine sprigiona la libido con cui è in grado di trattenere a sé tutte quelle vite ancora piene di vita, per soffocarle. Che non è tanto simboleggiata da Lei, Carla Boursier, l'amata e perduta, mai veramente avuta, fatale, fatata, fatua, sulla cui coda di cavallo bionda e ondeggiante si concentra da un certo giorno in poi tutto il dolore del mondo; bensì dalla ricerca della *giornata perfetta*, ricerca che accomuna tutti i personaggi abbracciati da questa storia. Tutti coloro, infatti, che rimarranno come coloro che se ne andranno, i vincenti e i perdenti, gli eccezionali e gli ordinari, Sasà e Guidino Cacciapuoti, Carla e Betty Borgstrom, Ninì e Massimo, sono affratellati dal mito della giornata perfetta, che per gli abitanti di una città il cui luogo comune insiste sul "campare alla giornata" diventa il simbolo della bellezza universale, della ricerca dell'assoluto. È infatti una questione molto complessa, questa della giornata perfetta. Parte sì dalle condizioni meteorologiche, dal colore del mare e del cielo, dalla brezza, dal sole, ma si spinge ad abbracciare i rumori e gli odori degli scogli lambiti dalle onde, e poi, su su, in superficie, i muri delle ville patrizie disabitate o rose dal salmastro, i pasti e gli ozi che vi vengono consumati, gli amori corrisposti e non corrisposti, le belle e le brutte figure, oppure giù giù, in profondità, i ricordi micidiali evocati da tutto questo, la felicità perduta, o per usare il titolo di un successivo libro di La Capria, l'*armonia* perduta, tutti gli altri *prima* che compromettono presente e futuro, sciupando i momenti magici e curvando, sì, il tempo in direzione del fallimento. Come può esistere per Massimo De Luca la giornata perfetta se ogni bellezza, segreta o sfacciata che sia, con poche associazioni lo porta a schiantarsi sul ricordo della grande débâcle, della sconfitta disastrosa, della perdita irrimediabile? Ma l'ostinazione con cui, anche nel capitolo finale, anche quando ormai è finito tutto, e perfino Sasà a Capri si siede al caffè «dal lato meno frequentato, quello della funicolare che dà sulla Marina Grande», Massimo si lascia ancora entusiasmare dalla Coda di Cavallo Perduta, e quell'ostinazione è il suo eroismo. La «Grande Occasione Mancata» – la spigola che ti sfila accanto senza nemmeno sapere della fiocina che le è saettata vicino, e tu, ormai disarmato, continui ad andarle dietro.

Insomma, in capo a un romanzo imperniato sulla ricerca della giornata perfetta si riceve la brutta notizia che la giornata perfetta non esiste. Però possono esistere le belle giornate, quelle sì – e quante volte usa, La Capria, questa espressione, *bella giornata*! In tutti i suoi libri, nelle interviste, nelle conversazioni private, La Capria parla delle belle giornate, le evoca di continuo come lo sfondo ideale della vita e della letteratura, e le esporta, proprio così, anche nelle opere altrui, nelle quali non sono menzionate né descritte in quanto tali, ma sono lì, e splendono. Com'erano le giornate passate da Cosimo Piovasco di Rondò a ciondolare dal ramo per parlare con Viola? E quelle trascorse a caccia dal protagonista del *Gattopardo*? E quelle raccontate nella *Bella estate*, nel *Buio oltre la siepe*, nel *Giardino dei Finzi-Contini*? Belle. Erano tutte bellissime giornate – ed è proprio *Ferito a morte* che ce lo dice, è Raffaele La Capria che ce lo fa scoprire.

Anche da pagina 145, la terz'ultima, si potrebbe cominciare a leggere questo libro: dove si narra dell'affondamento del motoscafo di Glauco, a Capri, dopo che il giovane si era buttato per salvare il passeggero caduto in mare e il motoscafo si era messo a girare in tondo, descrivendo sempre lo stesso cerchio e imbarcando acqua a ogni giro fin quando, «tirato giù dal peso del motore, come un piombo», si era inabissato, in un punto in cui, secondo Glauco, l'acqua era profonda più di mille metri. In questo modo si partirebbe direttamente dall'immagine-simbolo di tutto il romanzo, circolarità interrotta dalla profondità, per poi risalirlo ripartendo dal primo capitolo, quando Glauco, Massimo e Ninì se ne vanno a zonzo nel golfo di Posillipo su una barchetta a remi, ed è una bellissima giornata.

Ripensandoci per l'ultima volta, però, forse conviene partire proprio dalla citata pagina 53 («The greeks used to call the sun / He-who-smites-from-afar, and from here... / I can see what they meant»), stavolta non più per caso, ma di proposito: perché in quella pagina entra in scena un professorino inglese di nome Roger, personaggio apparentemente irrilevante – irrilevante perché Carla lo considera tale, mentre flirta con Massimo –, con lo scopo di portare V.H. Auden *dentro* il romanzo. Roger cita infatti ad alta voce questi versi del poemetto intitolato *Goodbye to the Mezzogiorno*, del 1958, dal quale proviene anche la strofa posta a esergo del romanzo, e una volta ritornati qui, dopo aver fatto tutto il giro, potremmo andare a cercarlo, questo poemetto, e leggerlo, e comprendere che questo Roger non è affatto irrilevante, poiché tramite lui e Auden e il suo poemetto dedicato a Napoli («Caliamo al sud, a un altrove riarso»), La Capria introduce nel romanzo la lente attraverso la quale lo si deve leggere. Queste per esempio sono le strofe che contengono i versi citati da Roger: «I Greci chiamavano il sole / Colui-che-da-lungi-percuote, e da qui, dove / Le ombre sono a fil di lama e l'oceano / È sempre blu, li capisco: il suo occhio fisso / Sfacciato se la ride di ogni idea / Di mutamento o fuga e un silenzioso / Vulcano estinto / Senza uccelli o torrenti/ Fa eco alla risata».[4] È il precipitato poetico di tutto il romanzo – e riporta dritti al La Capria poco più che ventenne di «Sud», che leggeva appassionatamente Auden, lo traduceva e lo presentava agli italiani.

Ma è alla fine del poemetto che Auden fa scattare il colpo di fiocina che centra in pieno questo romanzo e lo inchioda al suo destino di capolavoro ma anche di grande successo, critico e commerciale, cui contribuirà beninteso la vittoria del Premio Strega, sopraggiunta due mesi dopo la sua uscita e quattro giorni dopo il suicidio dell'amato Hemingway. Una fine che porta di colpo dove finisce tutto, o magari non proprio tutto ma quasi tutto, di sicuro dove finisce e ricomincia di continuo questo romanzo straordinario: «A benedire questa terra, le sue vendemmie, e chi / La chiama patria: anche se non puoi sempre / Ricordare con esattezza perché sei stato felice, / Non puoi scordare d'esserlo stato».[5]

---

[4] V.H. Auden, *Poesie scelte*, a cura di Edward Mendelson, traduzione di Massimo Bocchiola e Ottavio Fatica, Adelphi, Milano 2016.
[5] Ivi.

# Ferito a morte

*... between those who mean by a life a*
Bildungsroman *and those to whom living
Means to-be-visible-now, there yawns a gulf
Embrace cannot bridge.*

W.H. AUDEN

I

La spigola, quell'ombra grigia profilata nell'azzurro, avanza verso di lui e pare immobile, sospesa, come una fortezza volante quando la vedevi arrivare ancora silenziosa nel cerchio tranquillo del mattino. L'occhio fisso, di celluloide, il rilievo delle squame, la testa corrucciata di una maschera cinese – è vicina, vicinissima, a tiro. La Grande Occasione. L'aletta dell'arpione fa da mirino sulla linea smagliante del fucile, lo sguardo segue un punto tra le branchie e le pinne dorsali. Sta per tirare – sarà più di dieci chili, attento, *non si può* sbagliare! – e la Cosa Temuta si ripete: una pigrizia maledetta che costringe il corpo a disobbedire, la vita che nel momento decisivo ti abbandona. Luccica lì, sul fondo di sabbia, la freccia inutile. La spigola passa lenta, come se lui non ci fosse, quasi potrebbe toccarla, e scompare in una zona d'ombra, nel buio degli scogli. Adesso sta inseguendo la Grande Occasione Mancata. Per lunghi oscuri corridoi sottomarini, ombre come alghe viola, e gelo in tutto il corpo. Man mano che si abitua a quel morto chiarore distingue le poltrone del salotto, il lungo tavolo di legno scuro, il paralume verde, il divano, la macchia di caffè sul cuscino giallo. La spigola dev'essere scomparsa in qualche angolo buio, dietro quel cassettone o nella stanza di là, sotto il letto dove lui ora sta dormendo. Ma non importa più, ormai ci siamo, eccola La Scena. Si ripresenta sempre identica: lo sguardo di Carla che splende come un mattino tutto luce in fondo al mare, e lei così vicina – anche il battito del cuore! – vicina, con l'occhio marino aspettando. E poi offesa? stupita? incredula? prontamente disinvolta comunque, eccola di nuovo seduta sul letto pettinandosi, per sempre lontanissima, che tenta di superare l'imbarazzo. Lui la guarda mentre lei si pettina i capelli raccolti sulla nuca, bionda coda di cavallo oscillante – luminosi come sulla spiaggia nella notte di Capodanno! – lui senza vita e un sorriso umiliato che copre il desiderio di morire. E i ragazzi, t'immagini le facce? le risate? le chiacchiere, se sapessero. Lui, solo, con la Grande Occasione Mancata, e tutti i loro occhi aperti sulla Scena.

Mississippì drizza le orecchie elettrizzate, dalla sua cuccia nell'abitacolo del sandolino. Un salto, e comincia a smaniare dietro la porta.

«Un momento, un momento! mi vuoi dare il tempo?»

La penombra del salotto attraversata da una pioggia di dardi luminosi che il mare rimanda dalle imposte socchiuse. Lo struscio delle pantofole nel silenzio della casa. L'attesa di Mississippì dietro la porta si fa insostenibile, gratta con le unghie, miagola piano, lamentoso.

«Mi vuoi dare il tempo?»

Con la giacca del pigiama e in mutande, il signor De Luca apre la porta della cucina. Tra le gambe la pelliccia calda e liscia del gattino, l'umido del muso.

«Che ruffiano!»

Due occhi gialli, tondi, seguono ogni gesto: la mano sulla bianca bottiglia nella dispensa, la bottiglia stappata, il latte che cola nel piattino, ora colmo posato a terra.

«Ti metti paura che te lo levo? Calma, calma...»

Mentre ingurgita rumoroso, si china a carezzarlo. Carezze non gradite, eh? è inutile che fai il motorino per prudenza. E così il primo nullafacente è servito. Ora il caffè per me. Per lo meno questo si contenta di un po' di latte e lo vedi tutto riconoscente, a *loro* invece pare sempre che gli manca qualche cosa. Mangiano, bevono, dormono, non sanno nemmeno da dove gli viene, nemmeno lo vogliono sentire. Quanto potevo avere allora? L'età di Ninì più o meno. E già avevo fatto il primo affare, diecimila lire, allora diecimila lire era come se tu dicessi qualche milione oggi. Poi potevi buttarli pure al Circolo in una serata di jella, ma erano soldi che guadagnavo io, me li guadagnavo alzandomi la mattina alle sei, ogni mattina, per andare al mulino del nonno, e potevo farne quello che volevo, non dovevo rendere conto a nessuno, non già com'è oggi che al massimo posso permettermi la partita a ramino con la signora Cotogna e il signor Fricelli, mentre quel mascalzone di Pippotto Alvini in due giorni s'è giocato i soldi miei, bella soddisfazione mi resta! E *loro* a passarsi le occhiate a tavola, come se ci fosse stato qualche cosa da ridere!

Non sente le parole che lui stesso sta dicendo, ma capisce dall'espressione di quegli occhi attenti, divertiti, che si è fatto trascinare nel solito gioco delle pubbliche confidenze. Sta parlando, nell'occasione, della sua storia con Flora. Tono imparziale, ironico, come se parlasse di un altro che si chiama Massimo, non di se stesso. Gran precisione nei particolari, sul genere Guidino Cacciapuoti, tutti scelti apposta per far salire una nebbia di congetture, di ipotesi, adatte a distrarre gli occhi dalla Scena. E si trova davanti quell'unico occhio avido e scomposto, enorme, che è tutti i loro occhi, dal quale partono strizzatine di complicità e di disprezzo. Racconta, racconta di più – lo incita l'occhio – ancora e senza vergogna. E adesso senza saper come, sta raccontando *di Carla* a uno qualunque, suo simile, ipocrita e fratello, un tale incontrato nella strada: *Quella, la vedi quella?* – e man mano che racconta, qualcosa dentro di lui si deforma, si corrompe, e il molle occhio indiscreto dell'altro affiorante dall'intrico di una Foresta Vergine più vasta di quella teorizzata da Gaetano, sempre più vicino, fluido, carico di minacciosa alterità, lo risucchia in un amalgama dal quale è impossibile sottrarsi, sentirsi diverso e distinto, riconoscere ciò che è rimasto intatto e quello che s'è perduto per sempre, o non si è mai avuto. Di nuovo la faccia di Guidino Cacciapuoti, anche lui con quell'occhio incastrato, emblematico. Colpirlo. Ma la Cosa Temuta interviene ancora, rallenta il pugno, il braccio rimane bloccato nel gesto, intorpidito dalla pigrizia paralizzante. E Guidino si guarda intorno, finge di non capire perché tutti ridono, ripete vantandosi la cosa atroce. Gli scogli di Villa Peirce nereggiano incombenti come montagne notturne – sale quel grido – e tutto questo è intollerabile, irriconoscibile, inaccettabile. C'è mai stato altro? Quei giorni sono mai esistiti? E la notte di Capodanno a Positano in quale notte è affondata?

Nella cucina silenziosa la nenia del macinino del caffè. Come al solito il tridente di traverso sulla dispensa. L'ho detto mille volte che così non ci deve stare, è pericoloso. E guarda là quei sugheri con le lenze tutte imbrogliate. Ninì mi aveva promesso, ma figurati se quello mantiene una promessa! Le canne, ho detto, mettetele impiedi, dietro il sandolino che prende tanto spazio e serve solo da cuccia a Mississippì; invece di tenerle legate a fascio di traverso sul muro in mezzo alle casseruole, che se sfili una canna ti tiri appresso padelle e tegamini. E pure 'sto motore fuoribordo ci voleva, portato ieri da Ninì, chissà dove l'avrà preso, quella testa gloriosa! Speriamo che non è un'altra fregatura come quando portò i copertoni, uno di quegli affari che fa lui, e poi spunta il vero padrone e chi ci rimette sono sempre io. Pippotto Alvini – non pensiamoci, meglio non pensarci.

La nenia s'interrompe. Ora il signor De Luca versa l'acqua bollente nella macchinetta. Il caffè macinato non va compresso, non troppo piena, così. Il vassoio con la tazzina, la zuccheriera, ecco fatto.

Sulla terrazza della cucina. Che giornata! L'odore della bella giornata, proprio l'odore. Tra dieci minuti il caffè sarà passato. Mississippì, dove sta? Qua, sulle ginocchia del padrone, qua.

Seduto sulla poltrona di vimini a godersi la bella giornata. Colpi di maglio. Stanno mettendo i bagni. Dal deposito della spiaggia trasportano i pali a spalla sulle prime impalcature che avanzano oscillando sul mare. Già neri di sole, quello è Luigino in equilibrio sulle traballanti assi di legno col palo sulla spalla nell'aria tranquilla, è azzurra come l'acqua stamattina, a intervalli i colpi del maglio sollevato da quattro braccia muscolose, toc!

Voci dall'altra terrazza, quella del salotto, Ninì e Assuntina. Ti pareva che si poteva stare in santa pace? Nemmeno a quest'ora...

«Fa' come faccio io. Mi vedi malinconico? Sconsolato? Nervoso?»

Incomincia a prima mattina, e quella strilla come una chioccia spennata viva.

«Ieri sera, quando ti servivano, diecimila hai detto che me ne davi oggi, se te le prestavo!»
«Ti piaceva, eh? Il mille per cento d'interesse. Da mandarti in galera.»
«Tu in galera a me? Dammi le mie mille lire, non farmi ridere!»
«*No pòssible.*»
«Quando si tratta di restituire parli americano.»
Ma Carmine non è ancora tornato? L'ancorotto del gozzo sta ancora là, si vede fino alla banchina del palazzo la sagola che striscia sul fondo a dunette. Ieri sera uscito con la lampara, e ancora... Che acqua stamattina! Guarda quel barattolo di latta come brilla nella rena. E quel...? Sott'acqua le cose acquistano meraviglia. Ah! È una gomma di bicicletta. Stamattina pure se si muove un mazzone – come le lucertole si muovono, mimetizzati nella sabbia – pure quello puoi vedere. Con un'acqua così!
«Come te lo debbo dire? Abbiamo rischiato e perduto. Un vero gentiluomo deve saper perdere. Ti devi rassegnare.»
«Embe' ti giuro sulla buonanima di mio marito...!»
«Buonanima! Un pederasta, lo sanno tutti.»
«Lascia in pace i morti!»
Che ora sarà? Già le otto. Totonno, ogni mattina immancabile a quest'ora, come un appuntamento, con qualsiasi tempo. Mai visto uno che rema seduto così, faccia alla prua, e con le gambe piegate sotto, come se stesse in ginocchio. Troppo piccola quella barca per lui. Dice che è comoda, ma voglio vede' col maltempo, se l'incoccia. Una sedia a rotelle, la manovra così, tutto di braccia, con quei remi corti.
«Totooò! che si dice?»
«Malacque! Malacque!»
Quando mai no. Sta rovistando sotto la prua, sempre seduto così. E poi, vivo brilla nella mano, un sarago. «Tutta la notte a traìna, fuori Pietra Salata, fino a Nìsida, con l'umidità dentro le ossa, pe' 'sto coso che se ci fai trecento lire è già assai!» Sempre la stessa canzone, e sbatte il sarago nella barca. Però, veramente, che vita fanno. E noi che ci lamentiamo. A sessant'anni le spalle ancora belle dritte, e quella rematina, le braccia spinte in avanti, a strappi, appoggiandosi ai remi. Dice che gli sono venuti i dolori artritici. Artrite deformante

alle mani, a molti pescatori capita. Una striscia di luce bianca sul mare, dietro la barca.
«Tu prima racconti le cose e poi te le scordi.»
«Come se non lo sapessi che fai tante chiacchiere solo perché mi vuoi distrarre. E ci sta bisogno per questo di scomodare i morti?»
Goccia a goccia il caffè è passato. Un gallo ritardatario. Si sgola dalla collina a quest'ora, se la piglia comoda. Carmine rientra col gozzo. Fa segno: andata male. Pure a lui, brutto mestiere. A te, mi dispiace di scomodarti, ma il caffè me lo vuoi fare bere? E senti come ronfa! Morbido pelo tiepido.
«Lo sai che sei proprio deficiente?»
«Basta che sei intelligente tu.»
Il drin-drin-drin! Di colpo azzittati. S'è svegliata più presto stamattina.
«Da come suona si direbbe che mamma è un po' nervosa» dice Ninì.
«Facciamoci la croce.»
Di nuovo i tre squilli di campanello.
Come una pietra, dal cornicione del palazzo, una rondine marina. Vicinissima, è passata con quel grido sibilante. Ha finito di ronfare adesso, allarmato con gli occhi cattivi giallitondi, segue nel cielo quel grido che rassomiglia tanto al suo nome: Mis-sis-sip-piii...
Be', ora andiamoci a fare la barba, è tardino.

«Io non so come si fa a credere a tutto quello che ti dice, non lo capisci che ti prende in giro? Ora vieni a lamentarti da me, non ci potevi pensare ieri sera quando te le ha chieste? Dopo tutte le volte che ti ho avvertito: Assuntina non gli dare una lira in prestito perché io non sono disposta a pagare i debiti di mio figlio, va bene? Sembri destinata ad essere imbrogliata dagli uomini, tu. Basta che uno ha i calzoni, tu gli credi. Prima tuo marito, quel mascalzone. Adesso questo Gennarino. Ti sta mangiando gli ultimi soldi che ti sei messa da parte, poi voglio vedere come ti troverai quando non potrai più lavorare. A quest'ora, se mi avessi dato retta, più di un milione tenevi sulla banca. Pigliami per favore le pantofole sotto la sedia, là, là, non ci vedi? Ma te lo dico per l'ultima volta, con Ninì da ora in poi te la sbrighi tu. Né io né suo padre possiamo permettere a un ragazzino come lui di giocare al Circolo, mettergli addirittura i soldi in tasca. Poi quando crescono fanno la fine di Pippotto Alvini. Tutta colpa di suo padre. Lo so io, che ogni sera, pure quando c'era l'allarme e cadevano le bombe, mio marito là lo trovavo, al Circolo a giocare. E io ogni notte a preoccuparmi, ad aspettarlo fino alle due, le tre, a telefonare dopo il cessato allarme, e tutto questo perché *lui* non può fare a meno del Circolo. Non so che ci trovano, frequentato solo da persone volgari, parvenu e mantenute. Fa bene Massimo che se ne va a Roma, fa bene. Quando penso che stasera lo saluterò alla stazione... Che fa, dorme ancora?»

La notte di Capodanno del millenovecentoquarantanove, a Positano. Gli anni che saltavano allegramente a uno a uno nella Buca di Bacco, e Carla che continuava a celebrare la mezzanotte, e ordinava che le luci si spegnessero ogni volta che un tappo toccava il soffitto in onore di un altr'anno. I ragazzi, c'erano tutti, coi pullover a colori, tutti presi dalla sua allegria, dalla sua trovata, e buon anno! buon anno! Tutti intorno a lei per baciarla per festeggiare ogni anno celebrato, i bicchieri in pezzi con gli anni, e così ne volano quanti? Un'altra vita quasi uguale alla nostra vita, e poi usciamo sulla spiaggia il mio amore ed io. Mi tiene per mano, corre, i ragazzi ci seguono nel buio cercandoci tra le barche a secco sulla spiaggia. Giù, giù, che ti vedono!
 Siete sola, signorina?
 E tu perché cammini a quattro zampe?
 Perché ti amo.
 Che c'entra!, ride, e poi il suo tepore che passa attraverso il pullover, me lo sento addosso, quell'odore-tepore di uccellino, e il suo riso farfuglia piano parole senza senso nel mio orecchio. Mi fai il solletico! Le sue labbra dove si sono nascoste?
 Che bella tanina calda sul tuo collo.
 Dammi un bacio, piuttosto.
 No, si sta troppo bene così. Dio, che meraviglia, Massimo come sono felice!

Adesso facciamo l'amore.
Sei impazzito?
Sì.
Le grida dei ragazzi, le risate, si fanno più vicine. Lei mi stringe con una forza nuova. La sua voce sussurrante, rotta: Di', mi ami, mi ami davvero? Mi vuoi? Perché non dici niente? – E io non la conosco più così mutata. Quel bacio imprevedibile, troppo esperto, quell'ardore negli occhi, e già dentro di me qualcosa come una reticenza, un presentimento. I suoi capelli vivi sul mio viso, luminosi nella notte, il suo odore con quello del mare dentro, del mare che striscia sui ciottoli freddi, fin quasi ai nostri piedi.
Allora domani vieni con me a Napoli?
Va bene, domani.
I miei restano qua per altri due giorni. A casa non c'è nessuno. Ma che ti prende ora?
Povero Rogerino. Stavo pensando a lui.
Non lo chiamare così. Si chiama Roger.
Chissà che sta facendo.
Ti sembra il momento di pensare a lui?
Quest'estate l'amavo, adesso non me ne importa più niente. Ma proprio più più niente. Perciò ci penso. Se passasse per la strada non lo vedrei nemmeno. Tu mi amavi già quest'estate?
Anche prima se è per questo – dal giorno del bombardamento. Stavamo nel cutter e passò un aeroplano.
Come te lo debbo dire? Non siamo mai stati in quel cutter. Te lo sei inventato.
Lo vedi che sei antipatico?

«Si fanno chiamare signora tale e signora talaltra, baronessa e contessa. Mantenute. Sembra un destino, gira gira, al Circolo ogni sera in questa compagnia. Dandogli le mille lire ti credi di far bene? E poi, oltre tutto la mattina fate un putiferio che non si resiste. Una continuazione a dire sciocchezze. Tu, perché gli rispondi quando lui ti provoca? Con la voce penetrante che tieni non si riesce a dormire in questa casa. Io non posso fare come le altre che hanno per lo meno il diritto di riposare. Qui no, la mattina non si dorme perché *lei* deve riscuotere, perché lei per ogni cosa che quello dice deve dare la sua risposta. Ma perché gli rispondi, dico io, tanto lo sai, ogni volta che parla con te si diverte a prenderti in giro. Dammi gli occhiali, lì, sul tavolo, e trovami una penna, un lapis, qualche cosa per segnare la spesa. Qui non si trova mai niente per scrivere. Oggi sono così nervosa! È tutta pronta la roba di Massimo? Hai detto alla stiratrice? Io mi domando chi glielo fa fare, all'inizio dell'estate, con le prime belle giornate, lui in un ufficio a Roma a fare l'impiegato. Non poteva aspettare fino a ottobre? Quel Gaetano, tutta colpa sua, con le idee che gli ha messo in testa... Ora preparagli il caffè, che lo vado a svegliare. Pure oggi è domenica, ogni settimana, che noia!»

Li senti? Arrivano.
Resta nella tua tanina. Hai detto che ci stai bene, no?
Non posso, arrivano!
Sta' buona, così.
Non posso. Adesso li faccio scappare.
Ma no, resta!
Spunta con quella maschera cinese del cotillon, ora dietro una barca, ora più in là, dietro un'altra barca, cucù, cucù, i ragazzi la inseguono ridendo sulla spiaggia, la fanno cadere, le sono addosso, ed io rimango sdraiato, fermo nel mio istante con lei – laggiù nel buio avviene qualcosa come un linciaggio, le risate spente e le voci, e resta solo il rumore del mare con quel grido di lei dentro, il rumore del mare sempre più forte.

Entra anche adesso nella stanza. Le onde del vaporetto d'Ischia. Nel dormiveglia Massimo si gira e si rigira tra le lenzuola mentre il sogno si dilegua dimenticato. Prima impercettibili, quasi pensati, e man mano più precisi, gli arrivano ad intervalli regolari i colpi del maglio. Le palafitte che avanzano dalla spiaggia, sul mare, fin sotto il palazzo. I due uomini sulle traverse, che prendono fiato, gli pare di sentirli, di vederli, e dopo un oooh! dal profondo del petto, coi muscoli della schiena contratti guizzanti sottopelle, sollevano a quattro braccia il maglio pesante. Sospeso un attimo sulle teste, nel cielo un attimo come un rito, poi toc! sul palo. La punta aguzza penetra nella sabbia a dunette del fondo, ogni colpo è una pietra che cade nel lago azzurro del mattino. I cerchi si allargano confusi con quell'oooh sospirato, annunciano ogni anno che l'estate è venuta. Può dire dalle vibrazioni di quei colpi nell'aria com'è fuori il tempo, e sente la grande giornata ferma sulla città, il palazzo che naviga nel mare, la luce che preme sulla finestra e scoppia dalle fessure delle imposte. Apre gli occhi. Oscilla sulla parete bianca il grafico d'oro, trasmette irrequieto senza soste il messaggio: è una bella giornata – bella giornata.

«A quest'ora ancora a letto. Io mi domando se un ragazzo, con una giornata così, invece di andare a mare... Assuntina, portagli il caffè. Ninì! Ma quante volte te lo debbo dire che non devi camminare scalzo per la casa. La mia casa è uno stabilimento balneare. Quello in mutande, quest'altro in costume, tu ancora a letto. Tutti che fanno il comodo loro.»

Spalanca il finestrone, e la bella giornata entra tutta, di colpo, nella stanza, un'esagerazione di luce.

«Com'è l'acqua, Ninì?»

«Una meraviglia.»

«I contadini al mio paese, tal'e quali, sempre preoccupati del tempo che fa» stridula Assuntina, e ride.

«E tu sempre a parlare a sproposito.»

«Che ho detto, signora?»

«Niente, ma tu dici una cosa, loro ti rispondono, tu ne dici un'altra, e così non la finiamo più, tutto il santo giorno chiacchiere, con quello che ci sta da fare in casa. Piuttosto: il signore è uscito?»

«Non l'avete visto poco fa?»

«E a me chi me li dà i soldi della barca?»

«Se ne esce sempre di nascosto la mattina, zitto zitto, senza nemmeno salutare, dico io se è maniera. Per paura che uno gli chieda qualche cosa. Quando ha lasciato sul tavolino le sue tremila gli pare di aver fatto chissà che. Il resto, veditela tu.»

«E poi al Circolo spende e spande.»

«Senti Ninì, tu fai lo spiritoso, e io le cinquecento lire non ce l'ho.»

«E io me le faccio prestare dal portiere.»

«E io gli dico per l'ultima volta che i tuoi debiti non li pago.»

«Starà ancora alla fermata dell'autobus.»

«Assuntina, fa' un salto sopra, e digli che il signorino Ninì vuole cinquecento lire per la barca. Si può sapere perché fai quella faccia?»

«Quello poi se la piglia con me. Si scoccia che una gli corre dietro per la strada, l'afferra per la giacca e gli chiede i soldi.»

«E chi t'ha detto di afferrarlo? Ma guarda un po' se non ho ragione! Sa tutto lei. Sa che mio marito si scoccia, e io non lo so, che non vuole essere afferrato, e io non lo so. Va', va', se no, noi stiamo a fare chiacchiere e il signore, sopra, non lo trovi più.»

«Allora t'aspetto in barca?»

«No, oggi non vengo.»

«Come, non vieni?»

«No, non vengo.»

Con le braccia incrociate dietro la testa, a guardare il grafico d'oro messaggio vibrante sulla parete, a pensare ai miei passi domani nel rispettabile squallore di strade sconosciute, in una città senza Vesuvio e senza estati, dove i palazzi non finiscono sotto il mare, l'occhio affiorante dalla Foresta Vergine non ti minaccia nella tua integrità, e la Natura o una bella giornata non vince la Storia – col tempo regolato dall'orologio e dalla busta paga. *Da qui puoi vedere ogni luce di speranza e d'intelligenza che spunta sulla faccia della terra, quelle luci che da Napoli si vedono così male.* La lettera di Gaetano, ancora là sul comodino. Rispondergli che anche io, finalmente, me ne vado via, lontano da quel mare felice Eldorado popoloso di pesci – ma lui non l'ha conosciuto, nemmeno nuotare sa – e lontano da quei giorni. Continueranno a splendere anche domani con maglie di sole oscillanti sul fondo? E il suo sguardo, mattino tutto luce in fondo al mare, su chi si poserà? Domani e poi domani quei giorni continueranno a splendere per conto loro, come se io fossi ancora qua o come quando morirò, ora o tra mille anni indifferenti e uguali, e per ogni domani separati da me, irrecuperabili come il suo sguardo. *Perché sei rimasto, che cosa ancora ti trattiene?* E potevo dirgli la cosa assurda? Potevo dirgli: ritrovare uno solo di quei giorni intatto com'era, ritrovare una mattina per caso uscendo con la barca me stesso al punto di partenza – e rimettere tutto a posto da quel punto. Fino all'estate scorsa, ultima estate, ogni giorno ostinato rispondendo al messaggio, ai colpi del maglio dal mare, e sapendo che insieme la luna e il sole vanno nel cielo di mezzogiorno, che il mare è senza avventura, che il tempo passa e sale con l'acqua sulle mura del palazzo, e un giorno, tra mille e mille anni uguale a questo, oggi è una bella giornata, dirà un raggio sulla parete. «No, non vengo» messaggio non raccolto – Massimo non risponde.

## II

Prima a queste cose, chi ci pensava? Mai notate. Adesso perfino il nome: bradisismo, si chiama. E a causa di questo bradisismo il palazzo affonda piano piano nel golfo di Napoli. Oppure, mettiamola così: Del governo di Don Ramiro Guzmàn, duca di Medina Las Torres e viceré di Napoli – anno 1644 mi pare – resta solo il palagio fabbricato da lui nella riviera di Posillipo, che chiamasi ancora Palazzo Medina, ora in gran parte ruinoso quasi che inabitabile e cadente. E questa, diciamo, sarebbe la Storia. Ora interviene il bradisismo: Sotto l'occhio ironico del sole, spregiatore di ogni umano pensiero, la qui dolcissima ma non per questo meno feroce Natura, nemica della Storia, inizia la sua opera paziente utilizzando per l'occasione una tecnica indicata appunto col nome di bradisismo e facente parte di quel piano, a lunghissima scadenza, che prevede l'annullamento totale di uomini e cose, e di tutto quello che la ragione umana ha costruito, cioè la Storia. E, nel caso particolare, di questo palazzo.

Massimo lo sta guardando, di sotto in su, mentre passa con la barca – in un giorno qualunque di un'estate non lontana, e già diversa dalle altre.

La facciata anteriore, più esposta al mare, è un po' sbilenca, ha ceduto alla base o è solo l'impressione? Come se il vai e vieni delle onde ne avesse cariate le fondamenta. Vento e salmastro scavano le pietre di tufo, tutte granulose, concave, sporgono solo i punti con la calce e i mattoni, un continuo inavvertibile sgretolio, se ci passi un dito sopra o ci appoggi una mano senti il fruscìo della polverina gialla che ne viene via. Negli ultimi trecent'anni il palazzo ha resistito agli umori del mare, agli scossoni delle onde e delle bombe, ma i secoli lo vinceranno con la pazienza, millimetro per millimetro, fino a quando le tranquille acque napoletane canteranno vittoria in una bella giornata come questa, come fanno già sui tre o quattro scogli superstiti della villa di Pollione sotto Capo Posillipo, e i pesci nuoteranno nelle stanze irriconoscibili per le incrostazioni marine, l'erosione di alghe e molluschi litofagi. Solo questione di tempo. E io sono qui, ora, ma potrei essere altrove e in un altro momento. Per puro caso, dunque... La voce dalla terrazza:

«Non tornate tardi! Ricordati che oggi viene Gaetano a pranzo!»

Massimo sente e non sente, sta finendo di sistemare questi confusi quasi-pensieri.

«Sta' attento a Ninì! Non andare troppo sott'acqua! Ricordati che poi ti fa male l'orecchio!»

Sdraiato a poppa vede la madre ruotare nel suo campo visivo, e tutto il palazzo in prospettiva, di sotto in su, con gli archi aperti sul mare, nicchie e rientranze invase dalle erbacce, le finestre dell'ala crollata col cielo dietro, e il cornicione di tufo, giallo nel sole, che incontra l'azzurro. Risponde al saluto, il braccio ricade con indolenza abbandonato nell'acqua, il mare gli scorre tra le dita, e: Che giornata! Massimo chiude gli occhi.

A venti trenta metri dalla costa ancora si vede il fondo, tappeti erbosi e le ondulazioni della sabbia. Ninì, a prua, guarda il liscio nastro azzurro che scorre sotto la barca. Perfino una conchiglia bianca grande come un'unghia, perfino quella si può vedere tremare sott'acqua. Poi solleva la testa, si volta per dire qualcosa. Il sole batte diritto sulla nuca di Glauco che rema.

«Non è vero, Massimo, che Glauco sta perdendo i capelli?»

Glauco dà uno strattone ai remi:

«Impubere. Ti chiami Bellapalla e ti permetti pure di sfottere?»

«Quante pieghe tieni sulla pancia quando remi? Contale.»

«Quattro.»

«L'anno scorso erano tre.»

«E tu pensa a contare per te, Bellapalla. Ce la farai a contare fino a due?»

Il remo sollevato gocciola sul pelo dell'acqua, lento, prima di abbassarsi per immergersi nuovamente, di taglio. Una serie di gorghi spumosi, a uguale distanza, segna a poppa il passaggio della barca e per poco intacca l'intatta superficie marina. Laggiù, quella macchia gialla, pare una spugna vecchia, è il Palazzo Medina, punto di riferimento e centro del mondo. Villa Pavoncelli, il Convento dei Cappuccini, il Presepio, gli scogli di Pietro e Paolo, Villa Cutolo, s'allontanano a poppa, con quel punto.

Sotto La Pagoda, all'altezza di Villa Roccaromana, Massimo passa ai remi, al posto di Glauco. A quest'ora s'incontrano solo i gozzi dei pescatori che rientrano, e li vedi ancora in fila o a gruppi, come formiche, sull'orizzonte gonfio, lattiginoso. Ogni spiaggia è deserta, lo stabilimento di Villa Martinelli solitario, le finestre di Villa d'Abro tutte chiuse, Villa D'Avalos addormentata.

Man mano che la barca avanza verso Villa Carunchio, entra in una striscia sinuosa, una sottile pellicola di catrame dove galleggiano fili d'erba marina, aghi di pino, frantumi di pietra pomice. La libecciata dei giorni precedenti ha schiarito l'acqua sotto, ma ha lasciato questi segni alla superficie, e sulle spiagge una frangia di alghe verdi.

Ninì vede passare sotto la prua una farfalla morta con le ali aperte sull'acqua, una medusa malandata, coi filamenti viola, un pezzo di legno marcio a forma di cavallo marino, e, che schifo! un topo morto con la pancia gonfia – solleva gli occhi: Villa Peirce.

Gli scogli neri, con le tane dei rancifelloni. Ce ne stavano, sotto gli scogli della villa! Pure allora disabitata, sempre silenziosa. Prima i tedeschi, poi requisita dagli americani, ci portavano le donne, e sempre la stessa storia: Vietato l'Accesso. Poi, dicono, comprata da Lauro, l'armatore. Come avrà fatto così presto a rimettersi a galla quando solo pochi anni fa gli americani l'hanno internato a Padula, dice, perché aveva collaborato. Una villa come quella, che pare la reggia di un principe arabo, ne deve valere di milioni! Questo Lauro ritorna da Padula, tutti giurano che è un uomo finito, come se niente fosse lui invece ti compra la villa. Quant'è? Nemmeno ci pensa. E già ne parlano: è un grand'uomo, sì, votate Lauro, i soldi fanno sempre una buona impressione. E insomma si fanno tante chiacchiere e poi la villa sempre sua è, e anche ora il solito cartello: Vietato l'Accesso.

Massimo protesta: «Ma che entriamo a fare?».
«Rifornimento di acqua minerale.»
«Vuoi ancora sfottere quel poveretto?»
«Ma se ho sete?» dice Glauco. «Una sete, mannaggia! Dove sta la sorgente, lo sai il punto?»

Ninì guarda gli scogli neri, come quella volta, con Massimo. Loro due soli, una mattina, e: Scendi, disse Massimo. Non lo vedi che è proibito? Ti ho detto di scendere. Gli scogli, caldi, nereggiavano. – Dove li hai visti? Caldi, sotto la pianta del piede brucianti. Massimo, ma che vuoi da me? È passato più di un anno, non me lo ricordo, andiamocene. Devi indicarmi lo scoglio preciso. Stringendomi forte il braccio: Io aspetto, disse. Quel furore negli occhi, e mi guardava come un estraneo. Saltava sugli scogli brucianti, ogni tanto si fermava perché lo raggiungessi, arrivammo. È questo? Uno scoglio più basso, largo e piatto. Lo esaminava, come se dovesse scoprire la traccia di una cosa atroce lasciata lì sulla pietra di granito nero. Sei sicuro, Ninì? Guarda bene e non sbagliare. Sì, gli dissi, sì, proprio questo. Ci passeggiava sopra, posava i piedi in lungo e in largo, lo misurava con l'occhio stretto color nocciola, come se volesse stamparselo nella testa, più calmo adesso. Con un brutto sorriso si sdraiò sullo scoglio, supino: Da qualunque parte guardano, se ti stendi non ti possono vedere, tranne dalla terrazza della villa, ma è difficile, sempre disabitata. – Perché non ce ne andiamo, gli dissi, andiamo via Massimo, lascia perdere, non ne vale la pena. Stava per fare una domanda, esitò, disse: Hai ragione, andiamocene da questo schifo – e corse, saltando veloce sopra gli scogli verso la barca.

«Attenzione alla testa!»

Glauco afferra la catena stesa sul pelo dell'acqua, tutti sdraiati, passa gocciolante sulle teste, mentre la barca scivola nel porticciolo silenzioso nascosto dagli scogli. Un'insenatura tonda e quieta come una vasca, una volta era un ancoraggio per i cutter, ma ora il mare l'ha riempita di sabbia e soltanto le barche a remi possono entrarci. Le ombre capovolte dei pini s'affacciano dal parco della villa sullo specchio mite dell'acqua, le strida degli uccelli risuonano più alte nell'aria.

Glauco immerge appena i remi, Ninì si guarda intorno come

un sabotatore nel porto nemico, Massimo osserva la villa che ha un aspetto più ridente vista di là, la barca si muove sopra l'acqua limpida, tutta viva di sole, sopra i ciuffi d'alghe e la sabbia. Solo stendendo un braccio pare che lo tocchi, il fondo.

«Li vedi!?» sussurra Ninì eccitatissimo.

Una frotta di cefali allegri e snodati nell'acqua trasparente. Di botto si fermano a brucare nel muschio di uno scoglio, a tratti un brillio di stagnola, il bianco della pancia. Poi si sparpagliano grigio su grigio sulla rena tra le mobili losanghe di luce.

«Piglia il fucile!»

«Vuoi sparare a quei cosi?»

«E già! Tu se non sono grandi come bambini... Ce ne sta uno grosso là, non lo vedi?»

«Dove?» Sbatte apposta i remi nell'acqua e i cefali, come se gli fosse arrivata una scarica elettrica, con un guizzo, tutt'insieme nella stessa direzione, quasi tirati da un filo, spariti!

«Cretino! Perché li hai fatti scappare?»

Sorriso cattivo tutto denti, Glauco gli porge la bottiglia:

«Riempila, Bellapalla, e bada a come parli, imprudente!»

Il punto là, nella roccia messa allo scoperto dalla bassa marea, tutta grondante d'un'alghetta marrone e crespa, coi granchiolini, pulci di mare in fermento, e un forte odore. Ninì afferra la bottiglia, tappata col pollice l'immerge un palmo sott'acqua nello spessore spugnoso di quell'alga, col collo nella piccola fessura rivelata dalla schiumetta frizzante che sale a galla, poi solleva il pollice stappandola. Glauco manovra coi remi per tenere la prua ferma in direzione dello spacco.

«Mentecatto, così la riempi d'acqua di mare!»

Rosso per lo sforzo della posizione scomoda, nemmeno gli risponde. Quando la bottiglia è piena di quella schiumetta, di nuovo la tappa col pollice e la ritira.

«Da' qua!»

Dopo un sorso Glauco risputa tutto, disgustato.

«Acqua di cesso! Hai sbagliato con una fogna, sentila!»

Il sole splende sulla bottiglia, una tromba pare tra le labbra di Ninì che beve.

E qualcuno sta gridando da una finestra della villa. Il guardiano! Glauco ai remi, con la faccia ottusa e un po' incuriosita del turista. Massimo a poppa a limare la punta di un arpione, e Ninì a guardare se spunta il cane. È arrabbiato, eh?

«Senti come strilla.»

«Pover'uomo, è la terza volta in due giorni. Pure ieri...»

E poi, eccolo col cane! Corre verso l'ingresso del porticciolo. Tutta l'aria intorno, che era così tranquilla, rintrona dell'abbaiare. Pure gli uccelli azzittati.

È inutile, in queste cose Glauco ci sa fare. Mettilo con una ragazza e fa la figura del fesso, pieno di complessi e di fastidi, ma in queste occasioni, è un dio. Sta parlando al guardiano con l'alfabeto dei sordomuti senza farsi impressionare da quel cane che urla come un dannato, e tutta la calma, tutta la serenità e la compostezza che sfoggia, servono solo per fare impazzire di più quel settentrionale di merda, rosso, con la vena del collo gonfia, che non si capisce più nemmeno chi abbaia, lui o il cane.

«Ma guarda con che impegno difende la proprietà privata!» fa Massimo disgustato e, ormai gli sono fin troppo vicini: «Dica un po', buon uomo, lo sa che la proprietà privata è un furto? Legga Marx».

Appena appena spinta dalla rematina svogliata di Glauco, la barca è arrivata davanti alla catena che sbarra l'ingresso del porticciolo. Con un balzo il cane potrebbe saltare a bordo. Solita manovra con la catena, loro sdraiati, la voce del guardiano vicinissima che urla:

«La prossima volta uso il fucile a pallini!»

Pericolo superato.

«E che siamo, passeri?» a Glauco gli è ritornata la parola.

«Cip, cip, cip!» fa eco Ninì, che ha riaperto gli occhi, chiusi nel momento del pericolo.

Massimo si sorprende mentre fa cip, cip, cip! anche lui insieme a loro, e smette di colpo... Gaetano, t'immagini se mi avesse visto? Certamente in ufficio, a quest'ora, come se l'estate non esistesse per lui, lontano dalla bella giornata, nella luce squallida dello stanzone, col ticchettio della macchina da scrivere che viene di là. Nemmeno nuotare sa, s'afferra al bordo della barca alla minima oscillazione come fosse sull'otto volante, ancora bianco a luglio, costume troppo lungo. Pure se hai letto tutto Hemingway, Ninì gli dice. Ninì, fogliolina tenera verdeggiante della Foresta Vergine. Nelle ore di lezione reciproco sfottò: *Manifesta fata fuere antequam nascebatur*, tempo sprecato, figurati, il latino a Ninì! E ora traduci, si parla di te: I segni del suo destino erano manifesti già prima che nascesse. Che cos'è? – Il tuo epitaffio. *Propinquorum exempla plausus amor*, l'esempio il plauso ed il sorriso di chi gli stava intorno, furono il solco dorato in cui mosse allegramente verso la fine inevitabile. Ogni giorno Ninì obbligato a tradurre un suo epitaffio, e poi irriferibili scongiuri. I discorsi con Gaetano la domenica a tavola: Chi sarebbe questo De Gasperi? Diffidenza da entrambe le parti. E la nonna sa che un signore è sempre un signore, quindi anche un comunista sarà trattato educatamente, ma un cafone se piglia il posto di un signore sempre cafone e maleducato resta, e allora che vi volete aspettare da uno così? Logico no? Le nostre occhiate divertite sulla tavola, e Ninì che profetizza: Tutte le signore condannate ai lavori forzati, casacche di ruvido panno, con Assuntina che dà ordini a mamma nelle cucine del popolo. Morire piuttosto, come Maria Antonietta. Ma tu vuoi fare la rivoluzioone? gli disse Salvatore Quaglia. E che significa Gaeta'? Che è necessario un supplemento di moralità. Vattènn'a mare picceri', tu sei troppo serio per la tua età. La loro saggezza, l'avvilente bonomia, dice Gaetano, devi farne esperienza per odiarle. Sott'acqua ti dimentichi perfino di esser nato, no? Vàttene a mare. E com'è possibile con tutte le cose nel mondo da capire e da cambiare? Troppo serio. Legge Croce Salvemini e Gramsci, anche Hegel. Per me Hegel è troppo difficile, non lo capisco. E il Ponte Aereo, la guerra in Corea, in Indocina, come fai a disinteressarti? Bisogna leggere i giornali, non solo i libri, anche i giornali schifosi che abbiamo qua, venduti, alleati della menzogna, leggerli per sentire, nonostante tutto, la grande vita del mondo che batte lontano. E districarsi con ogni forza dalla Foresta Vergine, come si può. Immagina che Napoli sia la Foresta. Il ragazzo De Luca, il ragazzo Truman, il ragazzo Stalin, come fai a discutere con gente così? E poi, le chiacchiere al Circolo? Andarsene, andarsene, l'unica cosa da fare.

Tenero e tiepido sulla schiena. Massimo lo riconosce: il foràno.

«Dacci sotto dobbiamo doppiare il Capo prima che scenda più forte.»

Glauco rema alla pescatora, impiedi, voltandogli le spalle. Capo Posillipo si vede ormai vicino. Un altro refolo di vento dritto sulla barca. Il vento che ti sfiora, mai, mai più, ripasserà. La pelle d'oca per il piacere di quella carezza. Anche il mare rabbrividisce, pelle d'oca anche il mare. S'anima di piccole crespe luminose che corrono tutte d'accordo incontro alla barca. La prua pare più veloce, adesso, nel vento contrario. La schiena di Glauco s'inclina poggiando sui remi e le braccia s'allargano. Poi si raddrizza, guizza di muscoli appallottolati sottopelle, un triangolo pieno di muscoli, col vertice al posto del culo, bruciato di sole, diviso dall'incavo della spina dorsale. La mamma lo trovava la mattina nel letto con un collare da mastino, quelli grossi di cuoio coi chiodi e le setole in fuori, stretto alla vita come una cintura. Una fissazione, a rischio di morire soffocato nel sonno. Così è tutto spalle, anzi tutto torso. Sotto la vita strettissima le gambe corte polpacciute ben puntate danno la spinta in avanti al corpo sui remi. Un attimo prima di raddrizzare la schiena il calcagno calloso del piede destro, a paletta di ficodindia, si solleva sul fulcro della pianta. Tutto torace come i rancifelloni, t'aspetti di vederlo camminare di lato. Molto ammirato da Ninì fino all'anno scorso. Quel giorno sotto il penitenziario di Nìsida, se non era per lui, un minuto più tardi, e addio. La storia del braccio di ferro con Totonno, tutt'e due invincibili, finita con Totonno all'ospedale col braccio spezzato. E qua si ferma l'ammirazione di Ninì. Ora c'è solo Sasà, Sasà è un dio, tutti gli altri sono stronzi. Il ragazzo Sasà. Arrivato prima, come sempre. Anche sugli scogli di Villa Peirce. E sullo stesso scoglio, nero e piatto, ben protetto alla vista, anch'io come lui, nel punto preciso, anch'io con un materassino di gomma. – Hai pensato proprio a tutto, e se non volessi? diceva Flora. Perché proprio qua? Possono vederci. Sempre più deboli le sue proteste. Quel costume: Come aprire un pacchettino, le dicevo. – Un laccio sull'anca destra, un altro sull'anca sinistra, ecco fatto, facile no? di' la verità. Non mi piace quando scherzi così. Mettitelo sempre, quando te lo vedo penso immediatamente a... Me lo metto apposta. Adesso devi chiedermelo. Le sue unghie nella schiena. Gridarlo. Te le taglierò un giorno queste benedette unghie. Gridarlo più forte – e vedevo la luna nei suoi occhi. Gambe lisce, teneri piedi di donna contratti nel piacere, curati, e bianchi sotto, sapore di sale sulla pelle. Pazza, con quel tanto di sottomissione, di vittimismo calcolato: perché mi tratti così? – che rende la cosa fantasiosa. E allegra, dopo. Possibile? Con Pippotto Alvini solo perché è ricco, io non ti capisco, vent'anni di differenza, oltre tutto, come fai a sposarlo? Lauro è un ottimo amministratore è abituato a maneggiare i miliardi, la logica di Pippotto in conversazione al Circolo, perciò uno così non ha bisogno di rubare. E Flora con me nell'altro salone, con l'aria di dirmi una cosa nell'orecchio, mentre loro stanno parlando di Lauro. La punta della lingua nell'orecchio. Stupida, non fare così! E intanto ha sussurrato una parola, ha messo in moto il meccanismo dei nervi e del desiderio. Non lo vedi che Pippotto ci sta guardando? Noi andiamo a fare il bagno a Villa Peirce, dice al marito, tenendomi per mano. Adesso lo sa, va bene? Che puttana sei! Me lo dirai più tardi, al momento giusto. Non guardarmi con quegli occhi, per favore, capiranno tutti, perfino mio padre mi fa la predica. Me lo fai un santo piacere? Lo sai che io e Pippotto siamo in società, si tratta di milioni, si tratta, e tu vuoi proprio combinare guai seri? Si gira sempre intorno alle stesse cose, vita elicoidale, elicoitale, il giro successivo uguale al precedente, ma più avanti nel tempo inavvertitamente. Come quando giri a vuoto il cavatappi, la punta pare che avanzi.

«Quando ci venivo io da queste parti» sta dicendo Glauco, «allora sì che si veniva per pescare. Che ti credi che allora si andava col fucile? Sistema giapponese, parlo del trentasette trentotto, io ero gagliòne quando arrivarono a Sant'Angelo, uno si chiamava Tukumori e l'altro Soghi, due fratelli. Poi venne dal Giappone pure un loro zio che si chiamava Tazuo, e dovevi vedere le cernie che pigliavano! Certi bestioni da dieci chili e sopra. Tu li vedevi scendere con una canna di bambù lunga poco più di un metro, l'arpione in punta non più grosso di un chiodo, due occhialetti di legno di fico, un gancio, e un paio di polmoni meglio di due bombole. Soghi era capace di restare sotto quattro minuti, ci credi?»

«Pure Gennarino Iannaccone ce la fa. Una volta fece la scommessa, ero presente, restò sotto cinque minuti.»

«Buuuuum! Sempre iperbolico, Bellapalla.»

«E domanda!»

«Per punizione: vieni bello! Ora remi tu, fino a Pietra Salata.»

«Ma che ci perdi a domandare? Domanda e poi parla.»

«Vieni bello, vieni a remare. Debosciato! Sderenato! Vieni a fare un po' d'esercizio.»

«Ma perché, mò i giapponesi debbono essere per forza meglio di noi?»

«Lo vedi che sei ignorante? Come ti credi che le pigliano le perle?»

Ninì si volta: quanto ci sarà fino a Pietra Salata? E la vede solitaria al largo tra la schiuma, come la torretta nera di un sommergibile. Tutto il braccio di mare tra Pietra Salata e la scogliera di Villa Roseberry è striato di venature turchese-ceruleo. Più vicino arde verde tra gli scogli bruni, e sidereo sul tratto di roccia bianca che già traspare sotto la barca.

«Il pesce lo vendevo ai ristoranti, mi sono fatte due estati gratis con questo sistema, tra Ischia e Capri. E, non basta i pesci, pure le tedesche pigliavi, venivano ancora a Capri fino all'ultimo anno della guerra, certe nazistone tutte natura e nudismo. S'incuriosivano, volevano vedere come si fa a pescare, tu te le caricavi a bordo e nemmeno si facevano pregare, tutto loro facevano. Qui ci venivo verso settembre ottobre, a fine stagione. Pure il re ci veniva, quella era la villa messa a sua disposizione da Mussolini. Quando ci stava il re, te ne accorgevi subito, le guardie di finanza allarmate intorno alla scogliera dicevano di girare al largo, cento metri al largo! Una volta l'ho visto, con tutto quel sole passeggiava vestito di flanella sul molo, poi andò in una barca, vestito così, con la giacchetta e tutto.»

«Ma tu stai per lui, di' la verità, Stella e Corona.»

«Io sto per il sottoscritto, il resto: Abbasso Tutti.» Tra il serio e il losco, come quando crede di parlare di cose importanti.

Uno scossone, Massimo s'è tuffato, e ora armeggia a testa sotto nell'acquario verdastro, caricando il fucile.

Poi, leggero, l'urto della prua che tocca Pietra Salata.

Ninì scende cauto sullo scoglio liscio scivoloso come una foca, e tiene in mano la fune per ormeggiare la barca. Ci dev'essere un chiodo infisso in qualche parte, dove diavolo sta? Non lo trova più. Glauco s'è già sdraiato nell'esiguo spazio emergente, e dà ordini.

«T'ho detto là, non lo vedi? Non li tieni gli occhi?»

Il respiro del mare copre e scopre lo scoglio allungato sott'acqua come il relitto di una nave. Tutt'intorno, l'azzurro denso, compatto, sondato invano da raggi conici di sole, da spighe luminose. Marvizzi, vavose, guarracini, ajate, pint'e'rrè, attratti e risospinti da quel respiro, per un attimo neri, librati sulla luce turchina, e subito risucchiati, mimetizzati sul tappeto d'alga marrone.

Sotto gli occhi di Ninì, Massimo nuota in quel blu, sul ciglio dello strapiombo, poi si dirige sopra le *chiane*, dalla parte di Villa Roseberry. Da questo lato il fondo è più basso, quattro o cinque metri, e si vede la distesa dei campi sottomarini, i dorsi bruni degli scogli disseminati come mandrie. La schiena di Massimo si inarca a delfino, mezza giravolta, culo in aria e gambe raggruppate. Le stende e scende lento, a picco.

Sdraiato sullo scoglio Glauco lo sta guardando soprappensiero.

«Le vedi queste chiane?» dice a Ninì. «Erano piene di saraghi, cefali, orate, spigole. Andavano a spasso come la gente la domenica a via Caracciolo, domandalo a Massimo. Mò, se sei capace di vedere, non dico un cefalo o una spigola, ma una sarpa fetente, chiamami.»

Sorride come se la cosa gli facesse piacere. Vallo a capire uno così.

«Hanno distrutto tutto con le bombe. Prima i tedeschi, quelli delle batterie costiere ne hanno fatti pranzetti, che in guerra chi se li sognava? Nemmeno i nostri hanno scherzato, e gli americani te li raccomando. Poi è naturale, per ultimi so' arrivati i morti di fame, i pescatori con le chiusarànе e il potassio. Quando butti il potassio sopra uno scoglio è come se fosse arrivata la peste pei pesci, muoiono pure i più piccoli, la fragaglia. E così 'ste chiane sono tutte appestate, che sfizio ci sta più a pescare?»

Stesso sorriso.

«Col respiratore scendi fino a quaranta cinquanta metri, e là i pesci li trovi. Ne provammo uno a ossigeno, roba della Marina Militare, e poi lo sai come è andata a finire. Me lo ricordo come se fosse oggi, sotto Nìsida, Massimo a braccia aperte come un

Cristo, sott'acqua col boccaglio sul petto, pareva una macchia di sole sopra il verde dello scoglio. E meno male che si trovava a dodici metri, era risalito a pallone quel disgraziato, se no chi lo pigliava più? Pesante, quando lo pigliai, come un morto. Lo chiamavo per nome, Massimo! con tutta la forza, come se potessi farlo resuscitare. Più di un'ora di respirazione artificiale c'è voluta, e la camera di decompressione, quella che usano pei palombari. Arrivò il medico del penitenziario, per fortuna, con l'iniezione di adrenalina. Glielo avevo detto: Massimo non girare la manopola della riserva e non salire a pallone, appena ti senti la testa alleggerita come se avessi bevuto, sali piano piano, fermandoti ogni tre o quattro metri. Quelli sono arnesi complicati. Da allora m'hai visto più con un respiratore? Be', andiamo, chi ci vede qua sopra ci piglia per due gabbiani spennacchiati, andiamocene.»

Remano in direzione di Massimo che nuota ansimando dal tubo come un cane.

«Si vede niente?»

Un cenno col braccio: niente – senza sollevare la testa dall'acqua. E si immerge di nuovo.

«Che pignolo. Va sotto pure se non vede niente, ispeziona scoglio per scoglio, tana per tana, con un'ostinazione! Non lo vuole capire, non si vuole rassegnare che il mare non è più quello di una volta.»

Un'ombra viva, gli è parso. Dietro quel macigno a forma di marmitta. Massimo scende rapido verso la ragnatela di luce che tremola sul fondo. Macché. Niente. Pure sott'acqua morte e distruzione, ora solo quei guarracini neri, fermi nell'azzurro come palloni frenati, agitano le pinne per tenersi controcorrente. E quei saragotti, i sopravvissuti, in mezzo agli scogli che, chissà poi come si fa a stabilirlo, il professor... come si chiama? un'autorità in questo campo, parla dei resti di una villa romana, villa di Pollione, Pausilypon: una tregua al dolore. Proprio a Napoli se l'era fatta la villa, luogo di delizie, anche allora Napoli, dietro le sembianze splendenti, e t'immagini le scene come nei film americani con le donne nude sui triclini? Or dov'è il suon di que' popoli antichi? Sotto l'oceàno, là dove quella trigliozza baffuta smuove col muso la sabbia, e la Natura dunque vince la Storia. È più forte, altro che evasione, ci vince ogni giorno. Ogni giorno un millimetro il palazzo scompare lentamente, non si sa bene se il palazzo affonda o il mare sale, nelle stanze nel salotto e sopra il letto, e tra mille e mille anni, in una giornata luminosa come questa... Per puro caso io sono qui e ora, capitato qui come quel saragotto o un piccolo fremito di vento sull'azzurro inalterabile e indifferente, sopra questi scogli già villa di Pollione... L'ombra viva. Di nuovo intravista nello spacco. Ancora un metro sotto, dietro lo scoglio e col sole alle spalle, ronzio nell'orecchio come un asciugacapelli, gli occhiali che premono sulle tempie danno un leggero malditesta. Appena avverti un leggero malditesta, diceva Glauco, e io già pensavo: Carla non lo saprà mai, mai, e nessun altro, mai, è stato un incidente, diranno, un'imprudenza – devi risalire, ma lentamente, fermandoti ogni due o tre metri, capito? L'aria che respiriamo... di ossigeno, 79% di azoto, col diminuire della pressione si libera dagli alveoli polmonari, bollicine nel sangue frizzanti come seltz circolanti nelle arterie, nel cervello, provocando paralisi e morte – le spiegazioni scientifiche del dottore nell'infermeria del penitenziario, benedetti ragazzi! Quel puzzo di etere, la stessa nausea, e il dolore vivo nell'orecchio. Pallido e freddo come la luna. La prima cosa vista, dalla finestra dell'infermeria: la luna col sole nello spazio del mattino, un'ostia di cartavelina. Mai notato prima, la luna e il sole insieme. E il dolore nell'orecchio – dunque sono vivo, un altro fiasco. Rottura del timpano. La smorfia di Glauco che non capiva le spiegazioni scientifiche, costernato davanti al dottore parlava di manopola, da ridere, internamente si capisce, con tutti i muscoli della faccia irrigiditi, come un morto, euforia degli abissi, scampata bella!

Una cerniola. Pareva più grossa, non vale neppure la pena. Per un'ombra sott'acqua si fanno pensieri, inventi le probabili dimensioni della preda, speri nella grande occasione, l'avventura di una spigola, grossa come quella volta, una spigola di dieci chili e più, enorme. E la cernia sotto le rocce tra Positano e Nerano? Dritta come una foca sulla coda al circo, agitando le pinne pettorali, la pancia marroncino tenero allo scoperto, e la cervice maculata a tu per tu sulla linea scintillante del fucile, tra i globi oculari protuberanti, testa da bulldog, colpita in mezzo agli occhi. Ma quasi sempre con quel guizzo ti precedono, una frazione di secondo più veloce della tua volontà di premere il grilletto, qualcosa le avverte, e – di colpo rintanate! Come faranno ad intuire? Ancora mezzo metro, una bracciata, un centimetro, non pare spaventata...

Adesso!

Con tutto il corpo proteso disperatamente nell'atto di colpire, di accorciare la distanza. Una fitta all'orecchio dolorosa, l'asta scintillante sull'alga, e Massimo risale senza fiato.

«Che era?»

La voce di Ninì. Frastornato gli fa cenno di avvicinarsi, s'aggrappa ad uno scalmo, butta fucile e maschera nella barca:

«Una cerniola.» Gli occhi brucianti di sale. «Roba da trecento grammi, mannaggia, e mi sono rovinato l'orecchio!»

Tanto bello al Circolo, pensa Ninì, a starsene a chiacchierare. A pescare non c'è sfizio, pesci non se ne vedono, il sole scotta, il mare adesso nemmeno lo puoi guardare, dà male agli occhi. Fa appena in tempo a tenersi, la barca s'impenna, quel cretino di Glauco scompare a cofanetto in un anello di schiuma accecante.

«Ma vallo a pigliare in c...» Lo schizzo freddo gli mozza la parola.

Un altro scrollone. Massimo con una spinta si stacca dalla barca, crede di stare in piscina? e nuota a tutta forza verso la scogliera, come se al posto dei piedi tenesse un motorino fuoribordo. Stile da velocista, va forte sui cento. Arrivato. Si volta sul dorso, si ravviva i capelli con l'acqua, s'arrampica sugli scogli. Sdraiato al sole.

Ora che vuole quest'altro?

«Un polpo!»

Ninì s'avvicina con la barca. Glauco gli passa il fucile scarico.

«S'è rintanato con tutta l'asta. Una sigaretta, legala qua, poi ti faccio vedere.»

A poppa, nelle scarpe di corda, il pacchetto verde delle Nazionali. Adesso lo spago, dove si trova lo spago? Come se fosse una cosa semplice. Le scarpe sfilacciate di corda puzzolenti, il laccio. La sigaretta legata sulla punta del fucile. Ecco fatto!

«Non mi sembra un sistema molto sportivo, però.»

Figurati a lui! È già sparito sott'acqua.

Nuota verso l'asta luminosa incastrata tra gli scogli, infila nella tana la punta del fucile con la sigaretta, l'asta comincia a tremare, il polpo trafitto viene fuori di botto trascinandosela dietro e schizzando nero, tanto gli fa schifo il tabacco. Glauco emerge reggendo quel vivo gagliardetto che si contorce sul tridente in cima all'asta e lo scaraventa nella barca, ai piedi di Ninì.

Appena sfilato il polpo comincia a muoversi, agita i tentacoli, gonfia la testa, viscida orchidea di carne, come per pompare ancora acqua. Brividi colorati rosa e viola sulla pelle brunastra. Pare la cosa più viva del mondo, inguaiato com'è.

«Sarà quasi mezzo chilo» dice Glauco aggrappato al bordo della barca, le gambe nell'acqua. «Visto come si pesca? Diglielo a quell'addormentato!» Ripiglia il fucile e si lascia cadere, sempre in quella maniera sgraziata, spruzzando da tutte le parti.

Il polpo si sgroviglia sulle tavole della barca. Brutta l'agonia dei pesci. Di solito s'abbrevia col morso in testa. Se sono più grossi, un chiodo tra gli occhi, che si storcono come quelli delle bambole rotte. Il polpo fa disgusto però. Devi rovesciargli la testa come un guanto e mordere quella carne viva, molle col sapore salaticcio del moccio quando uno ha il raffreddore: no, è impossibile. Ma qualcosa si deve fare per questo polpo, è uno scempio. Un tentacolo quasi staccato, un occhio, una pallina bianca e nera, pendulo, trattenuto appena da un filamento, la pelle di un altro tentacolo strappata via uncinata dal tridente, e al posto del tentacolo un orribile verme sgusciato fuori che si contorce. Sette vite come i gatti e le lucertole. Ninì distoglie per un momento lo sguardo da quella cosa che la morte ha masticato e vomitato nella barca e lo posa lontano sul mare accecante, decomposizione luminosa sotto la furia del sole. Nelle tempie il tam-tam. Il chiodo che serve a caricare l'asta del fucile sembra adatto. Ora il punto giusto tra i due occhi. Spinge il chiodo nella carne gelatinosa. Uno schizzo di materia sierosa biancastra gli scivola attaccaticcio sulla mano. Il cervello. Difficile trovarlo di solito, quello dei polpi dev'essere piccolissimo nella contrattile testa testicolare che hanno, tutt'un'acquetta bianca, come il cervello di Glauco, è probabile. La pelle del polpo scolora dal bruno cupo aggrumato in un grigiocenere smorente rapido come una persona impallidisce. Il vivo groviglio di tentacoli e ventose si scioglie, s'affloscia, al posto della vitalissima bestia uno straccetto sporco, bagnato, inerte sul fondo della barca.

Arrivano presto i moscerini. Saltano pure sulla faccia di Ninì, ferma a guardare quel coso sacrificato, vittima di una giornata senza sorprese, piuttosto noiosa. E, strano, là nello stomaco, non gli era mai capitato prima, una specie di maldimare.

Che fa Glauco? Continua a pescare, e quando passa vicino alla barca si sente il fiatone d'animale che esce dal tubo. Massimo sta sdraiato sugli scogli, e chi lo smuove? Il sole se lo mangia insieme a tutto il resto, agli scogli, alle montagne, alle case laggiù.

«Maaa... ssimo! Maaa... ssimo!»

Figuriamoci se si sveglia. Napoli, tutt'avvolta dal fiato opaco del mare, nemmeno si vede, il Vesuvio appena appena, un'ombra più intensa del cielo. Insomma tutto è sbiadito e fermo, e che ci stiamo a fare noi, qua in mezzo? Di nuovo chiama:

«Maaa... ssimo! Maaa... ssimo!»

Poi un bianco strascico sfavillante sul bluceramica del mare, il rombo di un motore, dritto addosso a lui! Balza impiedi. Ma che? Sono impazziti?!

«Motoscafo!... Ueeeeé! Motoscafo!... Disgraziati! Ueeeeé!»

Non ce l'hanno gli occhi per vedere?

Passa impettito, tutto schiuma spruzzi potenza, con quel motore arrabbiato di aeroplano e la prua in aria, pare là là per decollare. Dietro, in quell'iradiddio che ti combinano eliche mare e sole, se ne viene uno, tranquillo, con le gambe puntate in un paio di sci. Vola veloce sull'acqua sferzata, guardando dritto davanti. Senza scomporsi si permette lo scherzo di una virata, gli sci sfiorano con eleganza nella curva la barca, pochi centimetri, arriva uno schizzo, e scompare in un momento, figura radiosa, dietro il promontorio.

È Sasà! No, è Ramón Novarro sopra la biga, Ben Hur coi muscoli tesi a trattenere le redini, un domatore di cavalli marini. Qualcosa di simile per Ninì. E nel motoscafo, ridente, a lui rivolta, la bellissima dell'anno, Betty Borgstrom, che se lo guarda.

Ma come farà senza una lira? – pensa Ninì. E decide che Sasà è uno eccezionale.

# III

Sì, fai presto a dire: quello è uno eccezionale! Cominciamo a capire, intanto, che cosa significa. Piglia una come Betty Borgstrom, con quella classe. Quella con uno qualunque non ci dovrebbe stare. E chi è Sasà? Senza una speciale intelligenza, titoli o altro, senza una lira: uno qualunque. Mi sai dire perché invece con lui ci sta? Altro esempio: puntualmente, come arriva l'estate, le prime giornate a mare, comincia a circolare il nome di una che chi la conosceva? Ora sanno dove passa, dove va a fare i bagni, l'appostano, e tutti innamorati prima ancora di vederla. Càpita ogni anno. Finalmente la vedi: Da dove è uscita? Le altre non ti piacciono più. E ti senti rispondere: Una che *stava* con Sasà. Per lui insomma è cosa chiusa, tutto fatto già, finisce dove gli altri cominciano. È il suo stile, bisogna riconoscerlo. Ti verrebbe da dire: per essere uno eccezionale basta il fisico. Allora Guidino Cacciapuoti, secondo questo criterio, sarebbe meglio di Sasà. Errore: Sasà è uno eccezionale, e Guidino è solo la scimmietta di Sasà, solo uno che può piacere alle donne, un bel ragazzo con le scarpe inglesi da trentacinquemila lire il paio. Dice che è questione d'intelligenza, alle volte. Ma a parte il fatto che queste bellezze di un'estate, tipo Betty Borgstrom, sono piuttosto sceme e non ce la fanno a stabilire se uno è intelligente o no, Massimo, per esempio, ne ha letti di libri, e Gaetano poi, uuh! E che succede invece? Massimo perde gli anni appresso a una cretina come Carla, se ne *innamora*, soffre, e crede che nessuno se ne accorga. Gaetano, meglio sorvolare.

Se le va scegliendo nei comuni vesuviani e, mano in mano, parla di Hemingway. Roba da vomitare. Allora viene l'obiezione: Grazie, ma che pretendi da uno come Gaetano? Avrà letto tutti gli Hemingway che vuoi, ma se ne va girando con quel cappelletto verdolino, col cappotto che pare un armadio, la cartella nera sotto il braccio e i calzoni col vento in poppa. Pure se ha letto tutto Hemingway, sempre ridicolo è. Va bene, accettata l'obiezione. E Massimo? Sarà tarchiatello, ma ha linea, porta le giacchette con gli spacchi che nemmeno la London House le fa così. Eppure Massimo non è uno eccezionale. Perché per essere uno eccezionale non serve niente bellezza, cultura, eleganza, e neppure i soldi servono, per fortuna. Sasà, per esempio, ne fa a meno benissimo.

La conosci la differenza tra Pommerì e Veuve Clicquò? Ne parlavano Sasà e Guidino Cacciapuoti, quella volta da Middleton, verso mezzogiorno. A una a una vedevi assommare le facce conosciute, sotto il sole come pesci sotto la lampara. Col sole di febbraio, a via Caracciolo, da Middleton, lèvati cappotto e giacca e pare che già è venuta l'estate. Mauro e un certo Livio, appena tornati dal casinò, come faranno a inventare tante fesserie? Al tavolo con loro Agnelli, Pignatari e Alicàn, Linda Darnell la chiamavano solo Linda, l'Aurelia a duecentocinquanta, in una villa caviale e coca, roba di questo genere, esagerazioni, e tutti attenti, Lillì Grimaldi, Mimmo Corbetta, Rossomalpelo, con certe facce dove la tintarella era scomparsa, visipallidi che di scuro tenevano solo le occhiaie. Stanno entrando, a parole!, nella villa di un produttore miliardario: li facciamo entrare, arrivare in una stanza tutta tappezzata di rosso, divani e tappeti rossi, pellicce di visone buttate a terra come giacigli, scarsamente illuminata da candelabri d'oro, li aiutiamo a mettersi comodi, a sdraiarsi sui giacigli, ma quando cominciano a rivolgere l'attenzione a Linda Darnell, a farla bere, ridere, Sasà dice calmo calmo: Linda te l'ha visto lo sporco sotto le unghie? Allora tra sfottò e offese vengono fuori certe discussioni che non finiscono mai, su questioni di forma e di bella figura, che ti fanno passare la mattinata in una maniera abbastanza divertente.

Li hai mai sentiti invece, per curiosità, per pura curiosità, Massimo e Gaetano quando certe volte li cogli al bar Moccia nel pieno di una conversazione? Ogni volta che uno dei due dice una cosa, l'altro la corregge soltanto un poco, una sfumatura, e sono sempre d'accordo, sempre con una leggera correzione dell'altro, tutt'e due un po' esaltati. Poi uno dice una sfumatura un po' azzardata, e non sono più d'accordo come gli pareva al principio: la sfumatura era tutto. Anzi sono tanto in disaccordo che non si capisce come fino a quel momento gli pareva di no. Te lo scoprono all'improvviso e costernati. Ma la cosa gli dispiace troppo, perché se non si capiscono neppure tra loro, chi li capirà? Ricominciano perciò a parlare per un'altr'ora, a rimettere a posto le cose, fino ad arrivare tra una sfumatura e l'altra ad un nuovo accordo completo. Tu te li stai a sentire, finché ce la fai tieni dietro a questo vai e vieni, e concludi che parlano così perché gli piace il parlare difficile, e che o una cosa o l'altra, tanto per loro è lo stesso. Basta che quando hanno finito si sentano come due che hanno giocato a poker, prima perdeva uno poi l'altro, e in ultimo sono usciti in pace, senza vincita e senza perdita, con la soddisfazione della paura passata che li fa sentire come se avessero vinto. Ma questo lo possono fare la sera, al bar Moccia, in mezzo a quei tre o quattro complicati come loro. Li voglio vedere sotto lo sguardo di Sasà, di Guidino e degli altri, a mezzogiorno da Middleton, a parlare di Foresta Vergine, che sarebbe Napoli, o altre cose così! Te lo puoi immaginare: maleparole, uuuh! e risate, da tutte le parti. Meglio non darsi tante arie e finirla, consiglio d'amico.

Invece quando parli di Pommerì e Clicquò stai sempre a posto. L'avevano bevuto tutti come l'acqua fresca, se li sentivi quella mattina. A prima colazione con le ostriche, come l'Agacàn, e dopo un po' col Pommerì s'erano fatto bagno, doccia, bidè, abluzioni, gargarismi, sapevano le differenze di sapore, colore, etichette, annate, bottiglie ed effetti sul bevitore, cominciavano a dire con chi l'avevano bevuto e quando. Finché parlano loro Guidino Cacciapuoti si può pure permettere di sfotterli, ma quando mette bocca Sasà, allora, mi dispiace, la cosa cambia e Guidino deve stare al posto suo. Invece insiste. E Sasà se lo guarda, come guarda tutti gli altri, senza fare differenze: benevolo, disinteressato, come uno che non s'impegna, troppo facile, non ne vale la pena. Se gli altri, compreso Guidino, non riconoscono che lui è uno eccezionale e loro no, va bene, niente di male, peggio per loro. Che mi rappresentano le storie di Mauro e Livio e di tutti, Guidino compreso, di fronte a un qualsiasi episodio della sua vita, vero questo, ci puoi giurare, che gli altri darebbero chissà che per conoscere, e che invece lui, niente, non apre bocca, perché non è come gli altri che le fanno succedere le cose più per raccontarle dopo che per il piacere di viverle. E tutto quest'atteggiamento di Sasà, abbastanza indisponente, è fatto apposta per Guidino che si crede il viveur della compagnia.

Ma per essere esatti, non cominciò che si parlava di Vespa e Lambretta? Erano mesi che ne parlavamo, se era meglio questa o quella. Poi arriva Mauro con fuoriserie, Sasà dice che gli va un po' stretta di spalle, critica le scarpe, così le portano i proprietari dei cinema, quando uno ha il piede plebeo è inutile cercare di ingentilirlo con lo scarpino sfilato perché il cuoio deformato dal piedacchione rivela subito che non sei un vero signore, è inutile in queste condizioni fare la corte a Linda Darnell, sono cose che purtroppo si vedono, saltano agli occhi: insomma non lo lascia in pace. Mimmo ha avuto un'uscita infelice, secondo Massimo, perché ha detto: La macchina di Mauro che ne fai in confronto con una macchina tedesca? Ora, se uno parla di una macchina, parla di quella e basta. Ma se stai con Massimo, allora addio! Non sai nemmeno tu di che stai parlando, te lo deve spiegare lui, è lui che scopre le vere ragioni di quello che dici o stai per dire, e se parli bene delle macchine tedesche questo significa tante altre cose che, se le metti tutte insieme, fanno che tu sei un fascista. Così sposta sempre la discussione, e Mimmo che per esempio non è niente, né fascista né altro, solo un po' fesso, a sentirsi chiamare fascista gli pare già di avere una idea. Se poi a Massimo glielo fai osservare: Ma scusa, che c'entra? lui comincia a fare l'esasperato, dice che le cose in Italia non vanno bene, che non è cambiato niente con la Resistenza, e pare come se l'avesse fatta pure lui la Resistenza, perché quando ne parla dice sempre: *noi*. Ma *noi* chi, scusa? Se tu sei sempre stato con mammà e papà, che dici a fare *noi*? Tutte idee messe in testa da Gaetano che vede fascisti spuntare da ogni parte e dice che nel Sud siamo predisposti al fascismo, lo pigliamo come il raffreddore. Le cose pure nel mondo non andavano bene. Tutti se ne fottevano per esempio del Ponte Aereo di Berlino, probabilmente ci sarebbe stata un'altra guerra e quasi quasi pareva che gli facesse piacere se fosse veramente scoppiata, ci guardava sarcastico, come per dire: ve ne accorgerete! Tanto che tutti facevano le corna. Allora è logico cominciavano con lo sfottò, a chiamarlo *il ragazzo* De Luca, finché era costretto ad andarsene con le mani in tasca e un ultimo sguardo di disprezzo. Male – perché si lasciava dietro risate e commenti a volte antipatici, e io poi me li dovevo sciroppare, sentirmi dire: Ninì, tuo fratello deve andare a casino, così si calma. Ma chi gli ha fatto niente?

Allora non avete capito, dice un altro: ce l'ha col ragazzo Cacciapuoti.

Ninì, di' la verità, lo sa o non lo sa.

Che cosa?

Come che cosa? Che il ragazzo Cacciapuoti se la fa con la ragazza Boursier.

E vi sembra una cosa tanto importante?

Ha ragione Ninì, un po' di discrezione.

Avete sentito Guidino? Un po' di discrezione!... Se lo vai dicendo pure a chi non lo vuole sapere?

Si distraggono: pare che Cocò ieri sera all'Italia ha fatto la solita bella figura. Stava seduto al tavolo di baccarà con la baronessa Greci di Torre. Verso mezzanotte la vecchia ordina lo spuntino, e comincia a mangiare, naturalmente senza smettere di giocare. Cocò distratto accende una sigaretta, e lei gli fa: Le dispiace se mangio mentre lei fuma?

Abbastanza divertente... Ma Massimo, no, queste cose non lo divertono, preferisce sfogarsi con Gaetano, ora ce l'ha coi giornalisti, specie quelli al servizio di Lauro e compagnia. Pare che lo fanno apposta, dice a Gaetano, ricevono dall'alto un piatto di merda con sopra una ciliegina candita, loro scartano la ciliegina e ti servono la merda. Conoscono bene i gusti del pubblico. Comunque lo scopo l'ottengono. Da una parte si grida Lauro, perfino mio padre inneggia. Dall'altra si scrive sui muri Baffone. Proprio quello che vogliono, perciò passano le notti a pensare ai titoloni neri che la mattina dopo ti arrivano a letto col caffè. Gonfiano la notizia come un pallone, al massimo, e con la penna in mano si divertono a pungerlo, così uno, sospeso per sentire la botta, si rovina i nervi. La guerra, i comunisti che la stanno facendo scoppiare ora qua ora là, d'altra parte la situazione non è tanto promettente, lo vedi quello che sta succedendo per Berlino. Finisce che tu certe mattine ti alzi, ti pare impossibile che è una giornata come tutte le altre, quasi quasi, pensi, se a me non mi capita mai niente in questi mesi che nemmeno a mare puoi andare, per lo meno nel mondo ne capitano cose. Questo non ti dà una certa vitalità pure a te? Se a Napoli non succede mai niente, dici, quando scoppia la guerra, bene o male qualche cosa succederà. Perché, vedi, diceva Massimo, mi pare meglio una guerra che le giornate come le passo io, che non so dove sbattere e che fare. Sì, lo so, sciocchezze, ma insomma certe mattine te ne esci così caricato, arrivi da Middleton, e là che trovi? I discorsi sul Pommerì e la Veuve Clicquot!

Ma allora perché ci veniva? Gli pareva di essere un fesso in mezzo a noi, ma chi lo chiamava? Perché si sedeva da Middleton, perché aveva sempre bisogno di stabilire che Mimmo era fascista, che quell'altro non aveva capito niente, che Lauro ce lo meritavamo?

Non fate arrabbiare il ragazzo De Luca. Piuttosto, di' un po', è vero che il ragazzo Truman vuol fare cantare la figlia al San Carlo?

Quel *ragazzo* introdotto da Mauro s'era esteso, tu vedevi tutti in calzoni corti, il ragazzo Stalin, il ragazzo Churchill, il ragazzo Mao. Per qualche mese, tutti ragazzo. Come puoi parlare sul serio con gente così? Ma scusa, Massimo, chi vuole parlare sul serio, chi ci obbliga? Dopo un po' pure lui si scocciava di parlare sul serio, come uno che ha trovato nella bella giornata uscita fuori all'improvviso, nelle discussioni su Pommerì e Clicquò, proprio quello che ci voleva per tranquillizzarsi sul Ponte Aereo di Berlino e su tutto il casino che ti combinavano Russia e America. Certe volte gli pareva di vivere in due mondi diversi, diceva, in uno Truman e Stalin suonavano le trombe dell'Apocalisse e nell'altro erano il ragazzo Stalin e il ragazzo Truman.

E fino a quando parla di Mauro o di Guidino, va bene. Ma per lui pure Sasà è uno che non vale niente. Nemmeno s'accorge che Sasà è uno eccezionale. Allora, scusa, come fai a seguirlo? Per esempio che c'entra la faccenda dell'età? Sai quanti anni ha Sasà: più di trenta. Embe'? Mauro venticinque, quel Livio trentasei, Mimmo ventuno, Rossomalpelo diciotto, tu quasi quindici, e Guidino Cacciapuoti più del doppio, hai capito dove voglio arrivare? Con loro trovi quelli di quaranta come Lillì Grimaldi e quelli di cinquanta, come Gennarino Apicella, e tutti insieme li trovi, tutti a parlare delle stesse cose, a ridere delle stesse fesserie, a giocare al pallone o al baccarà, sempre tutti insieme, così la vita diventa una parodia dell'adolescenza. Mi porta l'esempio di Guidino Cacciapuoti: Trentasei anni, tre guerre, Abissinia, Spagna, fronte russo, sia pure come lavativo, in cavalleria. Be', parla con lui di queste guerre che ha fatto. Hai mai scoperto un'ombra nel suo sguardo? Quel segno che ti fa capire che qualunque cosa ti è successa è veramente successa a te, perché tu, vuoi o non vuoi, te la porti appresso anche dopo che te ne sei dimenticato, e anche se non lo sai ti ha cambiato? Niente di tutto questo nello sguardo di Guidino. Tre guerre, passate nella sua vita come tre nuvolette in un cielo sereno, lo guardi e lo capisci subito, nemmeno bisogno di fare tanti studi.

Ma insomma, dico io, Guidino Cacciapuoti non è un cretino qualunque, è uno di quelli che dove lo metti là se la sbriga, di quelli che non li fai fessi, e così gli è andata bene in Africa in Spagna e in Russia, niente di strano. Non è uno eccezionale come Sasà, questo no, gli manca qualche cosa, ma per esempio metti che un altro quella mattina avesse detta la sua sul Pommerì e il Clicquò, la cosa sarebbe passata inosservata, perduta in mezzo alle chiacchiere che si fanno. Invece, detta da Guidino, per forza doveva andare a finire così, con la scommessa. Tutti lo capivano non era solo spirito di contraddizione, piuttosto una questione di prestigio, per Sasà, dato che Guidino di queste cose veramente se ne intende. E poi è un bel ragazzo, di quelli che le donne subito pensano, questo sa come mi deve trattare, pensierini del genere deve aver fatto pure Carla. E Massimo invece a dire che un tipo come Guidino non si capisce, un incosciente, un disgraziato. Se Gaetano poi gli tiene mano, allora tira per le lunghe la descrizione:

Dici Africa, Spagna, Russia, e un sottile sorriso appare sulla sua faccia, come uno che pensa compiaciuto ad una sua privata bell'époque. Viene fuori la storia della mulatta in Abissinia, della spagnola che voleva uccidersi per lui e che fino a pochi mesi fa ha continuato a scrivergli *querido*, della russa nascosta nel camion per migliaia di chilometri di neve, nella ritirata, scaricata a Budapest perché aspettava un bambino. E poi? Non ne ho saputo più niente. Ma di' ti sei informato? E che m'informo a fare? – Lo capisci uno così? Deve avere per lo meno cinque o sei figli sparsi per il mondo, lo disse una sera sulla terrazza del Circolo, con quell'aria, sai?, di chi tutte le ha passate, proprio tutte, ma un po' sul serio un po' scherzando, per interessare la signora Freda Pescaròlo, e quella cretina se lo guardava con certi occhi, scommetto che lo trovava romantico. Cinque figli, anche uno mulatto. Cominci a parlare di guerra e finisci parlando di donne, di questa figliolanza di cui ha avuto notizia soltanto dalle lettere delle sedotte, lettere accorate che l'hanno inseguito puntualmente da un fronte all'altro, che s'incrociavano tra una guerra e l'altra, e qualcuna che arriva ancora, letta da Middleton, tra un Negroni e l'altro. Una volta ha dovuto scaricare il mitra, dice, su certi poveri diavoli che non si potevano fare prigionieri, un ordine. Non l'hanno turbato quelli che ha messi al mondo, non quelli che ha fatto fuori, membro e mitra usati con la stessa disinvoltura, si vuole bene, è indulgente con se stesso, senza rimorsi, contento, come lo definisci uno così?

Esagerazioni. Intanto c'è bisogno proprio di credere a tutto quello che dice Guidino? Non lo vede che Guidino parla come noi, si diverte come noi, e insomma se è un disgraziato Guidino, allora pure tutti noi?... Non si capisce perché Guidino a un certo punto sia diventato un soggetto così interessante, o meglio, s'è capito quella mattina da Middleton, perché poi non ne ha parlato mai più. Ma Massimo sai che sosteneva? Che s'interessava tanto di Guidino perché il suo era un caso tipico, che a Napoli viviamo tutti sotto il segno dell'indulgenza, la stessa che i figli pretendono dalle madri, i mariti dalle mogli, gli amici dagli amici, gli alunni dai professori e ognuno da tutti gli altri.

Insomma la fa lunga, e queste cose le può far credere solo a Gaetano che non è dei nostri e da quando ha trovato qualche ripetizione di latino pensa solo a mettere da parte i soldi per andarsene a Milano, sua idea fissa. Da Middleton mai visto, non è del nostro ambiente, non ha soldi da sprecare, non ha tempo da perdere, e questo, secondo Massimo, significa che è un ragazzo serio, che si guadagna la vita, che mantiene la madre: non come noi, insomma, tutti inguaiati e figli di papà. Il latino lo conosce, chi dice di no? Certe volte mi fa perfino gli epitaffi in latino, spiritosi, per sfottermi. Ma lo dovevi vedere al bar Moccia quando rispondeva a Massimo che gli parlava, tanto per cambiare, di Guidino Cacciapuoti! – Si tratta d'immaturità, diceva, senza neppure averlo visto Guidino: non quella, palese, di un individuo, ma quella più incomprensibile e sconcertante di una generazione, di una città, che si è messa fuori della Storia. Nessuna meraviglia, parlano sempre così. E Massimo se lo guarda come un oracolo. – Allora anch'io e te ne siamo fuori? Certamente, anche io e te, non te ne accorgi?... E come no? Specie certe mattine che se ne veniva come tutti gli altri da Middleton a via Caracciolo a stabilire le differenze tra il Pommeri e la Veuve Clicquot, mentre il mondo, con tutte le cose che c'erano da capire e da cambiare, col Ponte Aereo di Berlino, con Stalin, Truman, De Gasperi e compagnia bella, se ne andava lentamente a farsi fottere.

E poi come andò, come fu, quella mattina?...

Guidino Cacciapuoti diceva: Scommetto tutto quello che tieni, tira fuori il portafoglio! E Sasà: Io non sono così cafone, non porto mai denaro addosso. E vedendo Cocò Cutolo: Eccolo il mio portafoglio!

Dopotutto è la verità, Sasà non può lamentarsi di lui, è educato, servizievole, motorizzato, che vuoi di più? Sasà lo chiama il suo *pesce pilota*, l'ha letto in un libro sulla pesca subacquea. Il pescecane è di solito accompagnato da un pesciolino d'avanguardia, che sarebbe il suo pesce pilota, e che gli indica la preda, lo avverte del pericolo, condivide i successi, e insomma si rende utile in mille maniere. Cocò la faccia di pesce ce l'ha, e pilota è, perché in pratica fa l'autista privato di Sasà, che non ha portafoglio, non ha macchina, ma se dice a Cocò: Domani alle cinque in punto, con la Millennove – ci può sicuramente contare. Chi lo autorizza a pretendere questi servizi? Ma allora che parliamo a fare? Anche gli altri si accorgono che Sasà è uno eccezionale, queste cose si sentono. Solo Massimo, presuntuoso com'è, fa finta di non capirle. Mauro, per esempio, che ha approfondito la cosa, e certe volte, guarda che ti dico!, dev'essere perfino geloso di Cocò, ha una sua opinione abbastanza giusta, mi pare:

Per dirti come sono 'sti schiavetti che si mettono al suo servizio – ripeto le sue parole – è chiaro che lui non li cerca, non c'è calcolo da parte sua, tant'è vero che se gli deve dire, adesso mi avete rotto i coglioni, non ci pensa due volte. Perciò sono loro che si sottomettono volontariamente. E devi vedere d'estate, a Capri, come se lo contendono, 'sti stronzi, per navigare nella sua stessa corrente! Quando mai uno come Cocò potrebbe pensare di portarsi nel suo motoscafo un tipo come Carlottina Capece-Latrio, come Isabella Dal Fabbro, come Rosalba Serino di Castelforte, o, per dire, una Eda Barlok? E quella... come si chiamava, te la ricordi? che fece innamorare il re Hussein... Insomma tu mi hai capito, queste cose a Cocò, quando sta con Sasà, *gli succedono* e non gli pare vero. Così tutti gli stanno intorno, li ho visti io certi ricchi di Milano schiavizzati, che gli offrono sopra un cuscino di velluto motoscafi, ville, pranzi e crociere, e certe volte perfino l'amica. Tanto, che se ne fanno di tutte queste cose se in definitiva si scocciano e se non stanno con Sasà non si divertono? Debbono riconoscere che lui è di un'altra razza, io per primo lo riconosco, e Guidino è inutile che si mette a competere, tanto non ce la fa. Vedi subito che Sasà è diverso, altra classe, altro stile nella sbruffonata. E non appena tiene in mano qualche cosa che veramente lo interessa, lo vedi come a poco a poco li respinge 'sti parassiti, perché sono parassiti *loro*, è questa la mia teoria, li respinge fuori del suo giro, nella vita fessa di sempre. Scompare per una settimana o due, non dura mai di più, e quello è il segno che sotto c'è la donna importante. Gli dici: ma perché non ti fai mai vedere? Lui sostiene che per aver successo con certe donne, non le nostre, donne di altro livello, proprio così devi fare, devi essere una specie di Mandrake, agire di sorpresa, con tatto impudenza e mistero, ma soprattutto devi essere muto e invisibile, non come Guidino, che appena sta con una già l'ha sputtanata, vedi Carla per esempio. Anche a me non mi riuscirà mai la sua tattica, io se non parlo se non mi esibisco, non mi diverto. Ma riconosco che il metodo di Sasà è quello che funziona meglio. Lo dovevi vedere a Venezia, l'anno scorso, invitato a destra e a sinistra nelle case più difficili, beniamino delle signore importanti, di quelle veramente importanti che danno una volta all'anno un ricevimento che tutti poi ne parlano e pochi ci sono stati.

Di quelle che uno come Guidino, per spiegarmi, è già tanto se si permette di salutarle con l'aria cerimoniosa e impostata all'inglese che ha quando s'atteggia a gentleman. Ma con Sasà la cosa ha un andamento diverso. Lo dovevi vedere quando gli davano la mano da baciare, per esempio, e lui là per là t'inventava lo scherzo, come quando afferrò coi denti il solitario che brillava al dito della contessa Nene Morosini e fingeva di volerlo strappare – roba del genere insomma. Chissà come fa! Per fortuna non gioca a fare il napoletano esagerando in questo senso, come Lillì Grimaldi, per esempio, o a fare il virile-sostenuto come Guidino. No, lui tiene sempre pronta un'idea, e quando serve la spara. Uno che quando ci stai insieme non sai mai come va a finire, ma vai sicuro, perché con lui qualche cosa ti succede sempre. Dici niente in un paese come questo dove tutti si scocciano a morte!...

Dunque quella mattina da Middleton: Eccolo il mio portafoglio! – Detto e fatto. Tutti con due bicchieri sul tavolo, uno di Pommerì e uno di Clicquò, coi camerieri che si danno da fare come se fosse la notte di Capodanno. In principio una decina a decidere, ma il numero aumentava rapidamente, tanto era tutto gratis! Decidere se aveva ragione Sasà su quell'affare della differenza, o Guidino che gli dava torto. A chi perde paga, con Cocò di garanzia. Sasà se lo teneva vicino, lo carezzava in testa come un cane, lo decantava: Una piccola banca ambulante che mi fa credito illimitato e rischioso. Poi calmo: Un'altra bottiglia a quel tavolo! Ma con gli occhi verdi un po' sfrenati, in mezzo alla musica dei tappi padrone della situazione. Rianimato perfino il conte Pellecchia, seduto fino a quel momento come in coma. Il portiere della pensione Aurora, là vicino, arrivato con quattro bicchieri, due per lui e due per la moglie, pure i camerieri obbligati da Sasà a decidere, poco importa se il padrone non voleva. Non badate a spese, tanto pagherà il ragazzo Cacciapuoti! – Che te ne pare, Ninì? Figuriamoci se non ero del parere di Sasà! Andò avanti per un pezzo, e la gente ferma a guardare... E poi di corsa, curvo sulla Vespa, quel fissato di Pallino Perrotta, già la quinta volta. La stava provando, continuava a passare e ripassare. Lo guardavo, sempre più irritato da quel profilo di cretino curvo sopra la Vespa. – Quello nella testa non lo tiene un cervello, tiene una Vespa nella testa, piccola così! E col pollice sull'indice mostrando in giro le piccolissime dimensioni di quella Vespa, tra i tavoli, mentre loro ridevano, senza capire perché tanto successo con una battuta così stupida, ripetendo tespa e vesta e coll'indice indicando cccooosì, anzi no, precisando infinitesimalmente: cccooosì! con Sasà che faceva segno: Continuare a dargli da bere! E io figurati continuavo a bere, esagerando la pantomima di Pallino Perrotta sulla Vespa coi rumori e tutto. Passava e ripassava, entrò anche nella mia testa, il mio cervello una vespetta maliziosa piccola cccooosì, anzi cccooosì!...

Il resto appurato il giorno dopo al Circolo: Cose da pazzi! Un casino! Il ragazzo Cacciapuoti, e mio fratello il ragazzo De Luca, venuti alle mani o quasi, perché il ragazzo Cacciapuoti ha sputtanato la ragazza Carla Boursier in presenza di tutti. Qualcuno gli ha detto zitto, accennando a Massimo, pare pallidissimo. E tutti i loro occhi su lui, mentre Guidino ubriaco dice: In fondo di che potrebbe lamentarsi? Sapessi come sono stato carino con lei dopo averla sverginata, le telefonavo ogni giorno, tutto premuroso, pieno di riguardi, di attenzioni... E s'è guardato intorno facendo la scena di quello che non capisce perché tutti ridono.

Un pugno poco convinto di Massimo, e gli altri a trattenerli. Allora pare che per mettere a posto il ragazzo Cacciapuoti intervengo io con quest'uscita: Nemmeno tu ti puoi lamentare, sapessi com'è stato carino Sasà... E vado avanti con una storia che non s'è ben capita, dicono: Una sera la ragazza Boursier da me scoperta sugli scogli di Villa Peirce, e non era il ragazzo Cacciapuoti a farla gridare ma, sorpresa generale!, il ragazzo Sasà, arrivato prima, e Mandrake come sempre. – Ora però ci devi raccontare tutto, tutto quello che hai visto, nei minimi particolari, dicono...

Mezzogiorno, è anche passato scommetto – Ninì si riscuote, interrompendo il filo dei suoi pensieri – e guarda dove m'ha spinto il vento...

Istupidito dal dondolio della barca, dal sole che incoccia, riprende i remi e voga verso la scogliera, dove Massimo se ne sta sdraiato. Lo chiama:

«Maaa... ssimo! Maaa... ssimo!»

Sì, non senti. Ora vengo a gridartelo in un orecchio. Che stiamo a fare qua? A vedere Glauco come pesca? Perché non ce ne andiamo?

# IV

Con lo sguardo Massimo sfiora di scorcio il proprio corpo disteso, la pancia cava sotto lo sterno che ancora sussulta per lo sforzo della nuotata, la pelle che splende di sole e acqua – e chiude gli occhi così. Quando li riapre appena, rientra nello scenario. A larghe spirali si dissolve il panorama intorno a lui nei vapori del mezzogiorno, il cielo e il mare, tutto bello, irrimediabile, non se ne può più! Possibile che tutto sia uguale e tutto sia cambiato? Sì, è possibile. Possibile che nessun segno preannunci il cambiamento?

Glauco sta gridando: «Un polpo!».

Possibile che tutto avviene come in un film, che tu lo vedi e pare che sta succedendo qualche cosa proprio in quel momento, e invece il film è stato già girato in un ordine diverso, e tutto è fermo nel rotolo del tempo? Sì, è possibile, è possibile.

«Maaa... ssimo!»

La voce infantile, partita da uno scoglio del golfo in un'ora silenziosa, assolata come questa, oppure dal luogo più segreto e doloroso del cuore. Arriva sempre il richiamo indefinibile dolce angoscioso, sempre di colpo... Peccato, tanto intelligente, come dice mamma?, ma sempre la testa tra le nuvole. Altro che nuvole, direbbe Gaetano, questo è il canto delle Sirene, desiderio d'evasione, e non ti basta la vita che facciamo qua che è tutta una vacanza? E poi: La vacanza è una specie di rottura con la realtà, una evasione dalla Storia, e solo la Storia ha senso. Ma intanto il richiamo insensato attraversa il silenzio del mattino, come uno spiro di vento. Il vento che ti sfiora, come dice il verso?

*Maaa... ssimó!* – ssimó con l'*o* finale stretto, accentato alla francese, suo padre era francese, il cognome infatti – un piccolo gentile richiamo esotico con quell'*ó* delicato in fondo, che attraversa cantando, quante estati? E salta fuori imprevedibile dal tempo che è tutt'un'estate, lo spazio bianco d'un mattino.

... quando vide l'altra barca Ninì cominciò a chiamare: Mariii... no! «Ma sei pazzo?» gli dissi, «ti stai zitto? Ti sei dimenticato dove stiamo?»

Zona militare, ci stavano i tedeschi, verboten, e quelli delle batterie costiere come niente cominciavano a sparare! Postazioni antiaeree, mitragliatrici, cannoni, tutti là, dietro Capo Posillipo, lungo la costa dell'altro versante, gialla di tufo e frastagliata, con poche ville requisite – e noi soli sul mare, in un giorno fermo e lucido, come dentro una grande ostrica con le valve chiuse all'orizzonte.

Chi è quella che saluta, la conosci? disse Ninì.

Nemmeno mi voltai, guardavo il fondo, il punto buono per tuffarmi. Che acqua quel giorno! Metteva allegria. Roccia biancastra stellata di ricci neri, spaccata da lunghi crepacci, ombrose tane, grossi massi, un nitore di sabbia intatta, e lì tra sabbia e scoglio, in lento moto a mulinello, le colonie dei saraghi. A volte due o tre si staccavano dal girotondo e si rincorrevano, saraghi zebrati, col muso piccolo sporgente a punta e il corpo piatto, e quelli di razza, con la testa a bisonte e un solo anello nero nella strozzatura della coda. Presto! Occhiali, tubo, fucile – e il salto in quell'acqua, il colpo gelido, il tubo gorgogliante, il corpo già tra miriadi di bollicine impazzite, le mani più grandi del normale attraverso il vetro degli occhiali strette sul fucile rilucente, e lo spazio attonito cresceva, m'inghiottiva... poi la spinta verso l'alto, come due mani cinte alla vita che ti riportano a galla, la pressione diminuita, e quel nuoto planante nel silenzio assoluto. Tutto questo era ancora nuovo. E ad ogni sommozzata la fuga precipitosa dei saraghi che correvano a rintanarsi negli spacchi della roccia, quella luce ferma, pomeridiana, dove il contorno di uno spigolo di roccia si stagliava netto come filo arrotato di lama. Davanti al vetro degli occhiali ondeggiava lionato il ciuffo dei capelli, ogni tanto dovevo scostarli, come una frangia... Tre cefali, tre piccoli siluri plumbei sempre alla stessa distanza davanti a me, fuori tiro ma vicini. Nuotavo sopra un lastrone di roccia in pendio che finiva in una valletta sabbiosa e uno dei cefali si fermò a brucare sopra un masso a forma di cono. Distaccato dagli altri sentì la cosa che ero io arrivargli goffa addosso e sfrecciò via un attimo prima che il colpo partisse, disorientato con frenetici zig-zag cercando i compagni, e poi sicuro nella loro rotta. In quel momento, era grossa mannaggia, e mi trovavo col fucile scarico, la spigola passò. Pareva un aeroplano da bombardamento, una fortezza volante quando d'improvviso la vedevi apparire nel cielo di Napoli. Ricaricato in furia il fucile, sistemato lo spago, mi voltai ed era troppo lontana, scomparsa. La valletta sabbiosa incassata come il letto di un fiume tra due sponde ripide di roccia finiva a imbuto in un crepaccio, e gusci di ostrica biancheggiavano sulla sabbia, come ossa di animali davanti alla tana. Piccoli saraghi di vetro si mossero. Lenti come ventagli, indugiarono ancora, prima di entrare nel buio dello spacco. Nuotai verso il fondo, la pancia strisciante sulla sabbia, seguendo il canalone fino all'apertura: larga abbastanza. Ci infilai il braccio armato di fucile e tutta la testa, mentre con la mano libera mi trattenevo a uno sperone dello scoglio. Li vidi subito, due saraghi, grandi, luminosi dentro la tana, fermi e tranquilli nel buio. Il più grosso profilato sotto tiro: e al posto del sarago il bagliore di un piatto d'argento, l'asta scossa da un tremito, la sabbia del fondo smossa. Colpito. Risalii, l'asta se ne venne via senza intoppi: colpito di striscio, mancato. Ricaricai, poi ci fu il rimescolio di un'onda sul fondo, tra i massi della scogliera poco distante si alzò una nebbiolina d'acqua gassata che li avvolse per un momento, e da quella nebbia luminescente emerse un'ombra grigia, solitaria, che veniva come un ordigno metallico verso di me. La spigola. Pareva ancora più grossa, non mi era sembrata così grossa prima, mammamia! L'acqua rimasta nell'ansa del tubo grattava, respiravo appena e nuotavo piano con delicatezza per portarmi sulla sua traiettoria senza spaventarla. Indifferente e calma, ma forse non ce l'avrei fatta a tagliarle la strada, veniva troppo veloce. Allora cambiai tattica, espulsi l'acqua rimasta nel tubo e nuotai forte. Come previsto il rumore la spaventò, dirottandola verso la scogliera. Difficilmente fanno dietrofront. Unico pericolo: poteva superare il punto di passaggio obbligato tra il mio fucile e gli scogli, prima che arrivassi alla distanza di tiro. Adesso la vedevo bene, in tutti i particolari: la grinta della bocca bordata di bianco, carnosa, con gli angoli piegati in giù, l'occhio fisso, il rilievo delle squame, la zigrinatura orofumo lungo il corpo già vibrante di allarme. E dietro vedevo, immensa, la mole dei macigni della scogliera. L'attimo decisivo – a picco puntandola dritto sulla parte più grossa dove il corpo s'allarga – e sentii che l'asta entrava in quel corpo. Trafitta si rovesciò di fianco, splendida tutta d'argento, con le pinne irte sul dorso, la bocca aperta nello spasimo, il corpo a mezzaluna e come paralizzato. Il peso dell'asta la trascinava così, a fondo, sopra un liscio scoglio bianco, e il sangue saliva dalla ferita come un filo di fumo rosato nell'acqua. Poi l'asta cominciò a tintinnare sullo scoglio, lo spago uno strappo, teso nelle mie mani, la spigola con l'asta infilata nel corpo tentò, si dibatté, frenetica. Ma l'aletta dell'arpione s'era bene aperta, non aveva più scampo. Risalii a galla, respirai due o tre volte a pieni polmoni, le orecchie mi ronzavano, e arrivò quel richiamo, la voce infantile di Ninì: Maaa... ssimo! Maaa... ssimo! Il fucile stretto tra le gambe, ritirai lo spago, afferrai l'asta, con l'altra mano la viscida argentea carne tremante che tentava ancora di sfuggire alla mia presa, pollice ed indice a tenaglia nella rossa apertura delle branchie, e così, viva, la tenni. In quel momento di nuovo la voce di Ninì...

Come ora: «Maaa... ssimo! Maaa.... ssimo!».

... mi chiamava, alzai la testa, Ninì m'indicò l'orizzonte tra la punta della Campanella e Capri, e là per là vidi solo che la barca di Marino si era avvicinata alla nostra, Marino curvo sui remi che remava a tutta forza, e gli altri ragazzi facevano segni indicando anche loro l'orizzonte. Presto, sali! E poi: Guarda quanti sono! – A frotte, come i cefali, così arrivavano. Appena il tempo di vederli, tanti puntini neri sul profilo della penisola sorrentina, e anche altri più vicini, al centro del golfo, metallici nella luce più viva, e altri ancora che già volavano sul porto tra le nuvolette scure dei colpi della contraerea. Proprio ora dovevano venire! Ma Ninì era eccitato, e con un po' di paura in corpo, come i ragazzi nell'altra barca.

Sono più di quaranta li ho contati, diceva la biondina.

Ma dove l'avevo vista? I colpi della contraerea erano adesso tanti batuffoli grigi sulle nostre teste nel cielo bianco dilatato dagli scoppi.

Nella grotta della Monaca di Mare!, gridarono.

Non era distante, duecento metri al massimo. Loro ci arrivarono prima, nello sforzo avevo spezzato la cordicella del remo, e di là, mentre i colpi laceravano l'aria, continuavano a chiamarmi perché m'affrettassi. Anche lei, il mio nome sulla sua bocca, sentito la prima volta allora, e aspetta... com'era? – isolato per un momento da tutto: Maaa... ssimó! Maaa... ssimó! Con l'o finale stretto, accentato alla francese, lei insieme agli altri, isolato per sempre da tutto, dalle loro voci e dallo scoppio dei colpi vicinissimi, solo quel nome anche adesso più forte di tutto, Maaa... ssimó!

Nella grotta una luce cruda tremava sulle pareti di tufo, luce al neon, con le nostre facce come in un film, le due barche affiancate si toccavano appena, bianchissime.

Da qui ci godiamo tutto lo spettacolo, disse Marino.

I boati delle bombe tra il crepitio della contraerea, e a quattro cinque miglia di distanza, dietro il profilo di Castel dell'Ovo, la diga del porto era una striscia nera sopra uno sfondo lampeggiante d'incendi e di esplosioni.

Vengono anche di giorno ora, lei disse, ieri un aeroplano quasi toccava l'albero del cutter, si vedeva il pilota! Avrà pensato: io a fare la guerra e loro i bagni. Ma noi, saluti, ciao, arrivederci a dopo – chissà se ha capito i nostri segnali.

Io una bomba l'avrei sprecata.

Era un inglese, il self-control dove lo metti?

Un viso piccolo, e due occhi larghi, distanti, che guardavano me e il mondo, tranquilli come quelli di una bestiola. Dopo la guerra voleva andare a Cambridge o alla Sorbona. I francesi le piacevano forse più degli inglesi.

Sì, disse Marino, fatti sentire tu, con questi discorsi.

Papà è francese, confinato in un bruttissimo paesino della Lucania per non rinunciare alla cittadinanza, allora è naturale, no?

Era andato di corsa sotto le finestre di Pupo Soriano, stava dicendo Ninì, appena si erano sentiti i primi colpi delle bombe, con le tasche piene di schegge raccolte dopo gli altri bombardamenti. Per due o tre volte gli aveva fatto lo scherzo, tutti i vetri rotti, e quel cretino di Pupo, al cessato allarme come se tornasse dal fronte, veniva con le schegge in mano a dire: Guardate qua, per poco non mi pigliavano, quei porci, questa l'ho trovata sul letto!

Lei non rideva: Lo sai che puoi essere fucilato?

Stamattina la stanno facendo veramente la guerra, disse Marino, senti che colpi!

Pareva un temporale, di quelli che d'estate scoppiano all'improvviso, solo che qui, nel tratatà dei proiettili traccianti, arrivava ogni tanto un cupo colpo di gong, e quella, potevi stare sicuro, era una bomba grossa.

Guardate! Mamma mia!

Tre colonne d'acqua, bianche, alte come trombe marine, coprirono Castel dell'Ovo, questa volta anche la grotta sussultò.

Hai visto? Ha scaricato tutte le bombe a mare, vuol dire che è stato colpito!

Eeh, prima che ne pigliano uno...

Chissà quanti pesci sono venuti a galla, disse Ninì.

Ma guarda, questo pensa ai pesci!

Non lo sai? Dove è scoppiata la bomba trovi saraghi, cefali, cernie, orate, spigole, a galla col bianco delle pance all'aria. Corrono con le barche e ne pigliano quintali.

Quelli uccisi dalle bombe sono meno buoni a mangiare. E poi puzzano presto.

Sì, tu consolati così.

Veramente io preferisco stare qua a guardare, invece che là a pescare pesci morti.

E chi ti dice che non bombardano pure qua?

Finiscila eh? Jettatore.

A cento metri da qua, non ci sta un cantiere?

E già, sprecano una bomba per il cantiere di Villa Marino.

Ah, non lo sai che ora là fanno pure i Mas?

Ma stamattina che succede? Le altre mattine dura al massimo mezz'ora.

Brrr... Fa un freddo qua dentro! lei disse.
Vieni, ti do un accappatoio.
La sua mano stretta dalla mia, l'aiutai a passare nella mia barca. La faccia di ragazzino, protesa nella manovra, e già le gambe di una donna, la mano, il piede, la struttura dolce delle ossa – indefinibilmente. Un ragazzino, quando s'infilò l'accappatoio e cominciai a frizionarle le spalle con energia: Va bene così? – e tremava ancora. Una donna, scoperta per caso quando: Di' la verità, hai paura? – uno scarto della barca mi spinse contro di lei e quasi l'abbracciai, anzi l'abbracciai.

Il ragazzino, tranquillo, si scostò. – Paura, figurati!... Ma quell'attimo era bastato: perché da lei, dal suo nascente corpo di donna, mi passò addosso una tenerezza, un odore-tepore di uccellino, e già io non ero più io.

Io ti conosco, lo sai?, ti ho vista. Adesso ricordo dove.

Non le pareva molto interessante: Dove?

All'Istituto di Grenoble, via Crispi.

È possibile, studiavo là. Ora l'hanno chiuso.

Io venni con quelli dell'Umberto a gridare per Tunisi e Gibuti.

Ma lei guardava la spigola sul fondo della barca: Perché l'hai uccisa?

Cercai la risposta: Quando la vedi sott'acqua è un'altra cosa, è così piena di vita, di bellezza, e tu vuoi possederla, non c'è scampo.

Marino in quel momento gridò: Un polpo!

Là, attaccato come una stella viva alle pareti della grotta, vicino all'imbocco.

Ninì saltò nell'altra barca, con lo spiedo in pugno, la nostra fu spinta indietro in fondo alla grotta. Soli, il mio amore ed io. Gli altri fuori, a caccia del polpo, ci arrivavano le loro voci eccitate, intanto l'aria era diventata di nuovo silenziosa, i colpi cessati, e noi ci sorridemmo, un fragile momento, mentre quelli da fuori gridavano: Se ne sono andati, è finito tutto! Ma io non mi muovevo, zitto a guardarla, finché non cominciarono a dire: Che stanno facendo quei due là dentro? – fu allora che apparve il sorriso – a chiamare con intenzione, tutti insieme da fuori: Maaa... ssimo! Maaa... ssimo!

... pretendeva, cinque anni dopo, quando la rividi a Positano con Roger, che quel giorno lei ed io ci eravamo trovati sopra un cutter in mezzo al mare, e che Roger, proprio lui aveva volato sulle nostre teste incerto se sganciare la sua bomba. Non era venuto tante volte a bombardare Napoli?

Only twice, disse Roger.

E gli occhi di vichingo azzurri impassibili avevano già letto nei miei lunghi scuri sfuggenti il mio amore nascosto per lei.

L'avvertii: Avresti dovuto sganciarla la bomba, Roger.

E lei aveva indovinato? No, non ancora, come poteva accorgersi lei di queste cose, distratta dalle sue stesse invenzioni? Si accorgeva del neo sulla spalla, quello sì, e diceva alla sarta della boutique di tenere più largo lo scollo della camicetta, così si vedeva il neo. A te piace? Sì, sì, mi piaceva. Oppure si accorgeva che Roger non aveva il *piede marino*. Che significa? Massimo spiega a Roger che cosa significa, e rideva. Diventato inseparabile, bel trio. Significa confidenza con mare, alga, scoglio, soprattutto sole e riccio! Con le spine di riccio in un piede, Roger camminava zoppo dopo il primo giorno di mare.

Come sei bianco, povero Rogerino! E poi lo presentava: Un eroe della battaglia d'Inghilterra. Sì, bell'eroe, trattato così da una ragazzina, ma anche io avrei fatto tutto per lei. Aveva la sicurezza di una donna ora, un'allegria divina, e gli occhi allungati con la matita, i capelli raccolti in una bionda coda di cavallo ondeggiante. Parlagli, mi diceva, tu conosci l'inglese, lui è professore ad Oxford, sai, di quelli che citano Shakespeare a memoria.

Trascinato dietro come un cagnolino, i primi giorni esibito come una rarità, così distinto, bell'uomo, interessante: e poi, un intellettuale! Ma presto diventato una lagna, scontroso, litigava con tutti e beveva. – Si può sapere che ti sta succedendo, Rogerino?

Con le spalle ridotte ad una piaga, erano bastati due giorni in barca con noi, un piede gonfio in suppurazione, la febbre, guardava rabbioso la nostra pelle abbronzata, non capiva la commedia dei nostri discorsi, le nostre risate, la mia felicità, e Carla che rassomigliava sempre più a noi. Per due anni, tutto il tempo che era stata in Inghilterra, s'era comportata come una bionda inglese dalla pelle bianca, imitando a perfezione lo stile locale, ed ora che succedeva?

Ogni giorno avrei dovuto venirci – tradussi agli altri ragazzi – con un bel carico di bombe di buona qualità, e mandarvi al diavolo tutti quanti, voi e... tutto questo!

E come poteva distruggere quella straordinaria estate con le azzurre giornate lunghissime, il mare e il sole accecanti, le isole delle Sirene? Pareva indistruttibile, allora...

Self-control – gli suggerivano i ragazzi ammiccando malevoli tra loro – Roger, mamma mia! Un po' più di self-control!

Ma l'aveva proprio perso. Ubriaco continuava a mandarci tutti al diavolo, ogni giorno. Alle tre ubriaco, si versava ancora un altro bicchiere di whisky e così di seguito, fino a sera.

Bell'inglese ti sei portato appresso!

E lei poverina che ci poteva fare? Si trovava in un impiccio.

Non sa perdere, decisero.

Ma non ero io il vincitore, come credevano. Non stava combattendo per Carla e contro di me. Erano, Roger me lo disse, quelle giornate ardenti, quella complicità di noi col mare e col sole, col riso di Carla, era la nostra dannata *iùbris* a distruggerlo, e si sfogava con me, per amore di Carla rassegnato a sopportarlo.

«The greeks used to call the sun / He who smites from afar, and from here... / I can see what they meant.» Parlava in versi, e poi: Conosci Auden? Sì? Non ci credo, dite tutti le bugie. Vuol dire che i Greci chiamavano il sole *Colui-che-colpisce-da-lontano*. A me ha colpito solo la pelle, ma il suo occhio è posato su tutti voi, his unwinking / outrageous eye laughs to scorn any notion / of change or escape... e allora non puoi distinguere più tra Natura e Uomo. Le ragioni generali che lo guidano, i sentimenti e tutto, nel giro di un'estate fondono nel crogiuolo, lo capisci?

No, non capisco niente, Roger, scusami, proprio niente.

E come potevo capire? Già, come potevo? Ma Roger s'arrabbiava:

La Natura diventa la *nèmesi* della vostra stupidissima *iùbris* – sempre ubriaco, cominciava a scocciarmi coi suoi discorsi. – Vi distruggerà meglio delle mie bombe, ecco cosa vuol dire!

Ma è un'ossessione, Roger, sempre le bombe!

E Carla laggiù a ridere, a chiacchierare con Guidino Cacciapuoti e con Cocò Cutolo. A me aveva lasciato il folle in consegna, bella parte mi faceva fare, poteva trattenerselo lei il suo

Rogerino! Ma si voltò, mi vide e venne in mio aiuto. Roger intanto, fissandomi con l'occhio césio – si dice così quando è azzurro freddo e tagliente –, Roger guardandomi così, mi puntò un dito sul petto, con forza, e disse: Dura pochissimo la *iùbris*.

Ma che voleva da me? Arrivò Carla: Di che state parlando? Mi strinsi nelle spalle:

Della *iùbris*.

Siete pazzi, che cos'è?

Domandalo a lui.

È l'inconsapevole momento vittorioso, la Grande Occasione a tiro – disse Roger, e sorrise, con l'occhio césio guardando me e Carla –. Intanto la Natura compie il suo lavoro e tutto procede secondo i piani da lei stabiliti, non un segno speciale nel cielo, le giornate tutte uguali e indifferenti. Così in una giornata uguale alle altre arriva la Nèmesi, la Grande Occasione Mancata. I Greci la conoscevano, anche i piloti l'hanno vista sotto forma di aeroplano arrivare in un giorno come gli altri, inavvertita, e quelli sono i casi più fortunati.

Roger, Rogerino, ma perché sei così triste? Di' è colpa mia? È colpa mia?

E io mi allontanai per lasciarli soli, sulla spiaggia correndo verso il mare a tuffo nell'acqua chiara, io inconsapevole nella mia *hybris* fino alla notte di Capodanno del millenovecentoquarantanove.

«Massimo! Ma di', sei sordo?»

Sdraiato sopra uno scoglio, nel cuore di una bella giornata uguale a tutte le altre, uguale ma diversa, e la voce di Ninì, vicina, distinta... Il tempo, sta pensando, è solo questo nostro apparire, qui ed ora, in una bella giornata, a caso? E mentre lo pensa è come se vedesse se stesso già ritto sulla scogliera che dice a Ninì:

«Arrivo!»

«È un'ora che ti chiamo, andiamocene. Mi sono scocciato, voglio tornare al Circolo.»

«Arrivooo!»

Un salto in una macchia più azzurra tra gli scogli sommersi, per un attimo mentre è in aria vede la propria ombra sul pelo dell'acqua, poi quel colpo di frescura, mani e piedi ritmo alterno, razionale musica del corpo, ancora 29" sui cinquanta, nemmeno questo cambiato. In poche bracciate raggiunge la barca.

«Non hai sentito che ti chiamavo?»

«Ho un orecchio pieno d'acqua.»

Afferra il bordo della barca, ed eccolo di colpo seduto, grondante, un dito nell'orecchio tentando di sturarlo.

«Remi tu, eh?» dice Ninì. «Io sono stato finora a tenere la barca, come uno scemo in mezzo al mare. È l'ultima volta che mi fate fesso.»

«E perché non hai pescato pure tu col fucile?»

«Bel divertimento. A guardarvi m'è passata la voglia.»

Glauco solleva il polpo con l'indice a uncino nel sacchetto della testa:

«Io questo l'ho preso.»

«Era già cadavere?»

«L'ha preso col sistema della sigaretta» dice Ninì.

«E poi ti lamenti che buttano il potassio.»

«Che c'entra, quello uccide le uova e la fragaglia, impesta lo scoglio. Il tabacco invece fa solo schifo al polpo e lo stana, ma poi tutto resta come prima.»

«Sì, ma il sistema è lo stesso, non è sportivo.»

«Che, state giocando a fare gli inglesi? Giullari, ridicoli, pappagalli. Non pigliate mai niente, e parlate pure.»

«Ma come hai fatto a non sentire il motoscafo?»

«L'ho sentito, mi pareva...»

«Per poco non m'investiva, e lui dice: mi pareva.»

«E che potevo fare?»

«Poggia più a terra. Col vento in poppa si fila, eh? Vediamo stamattina chi ci sta al Cinìto.»

«Io preferisco i bagni di Villa Martinelli.»

«Volgari.»

«Perché Bellapalla, tu chi frequenti?»

«Quella scema per poco non mi arrivava addosso, tutto per guardare Sasà che faceva il bello sugli sci.»

«Teatro, solo questo sa fare. Ormai pure lui comincia a scocciare.»

«Va', va', che ti piacerebbe!»

«Stai zitto Bellapalla, menestrello, monorchide!»

«Vuoi dire che Betty Borgstrom non ti piacerebbe?»

«Il motoscafo, quello sì, un Rivetti. È suo?»

«Il motoscafo adesso lo tengono cani e porci. Molto più chic la barca.»

«È ricca? Un motoscafo costa parecchi milioncini.»

«Non esageriamo: due o tre.»

«Ti fanno schifo?»

«Come farà tanta gente a fare soldi è un mistero. Tra poco mi vedi a me solo nella barchetta e tutti gli altri napoletani in motoscafo.»

«Tanto lo stesso non si divertono. Li vedi col motoscafo, la stronza a fianco, e certe facce scocciate.»

«Bella consolazione.»

«Hai sentito? Betty Borgstrom non gli piace, Carlottina Capece-Latrio non gli piace, Isabella Dal Fabbro nemmeno, pensa com'è difficile di gusti il signore. Flora Alvini ti piace? Ieri al Circolo ho visto che te la guardavi.»

«Chi, Flora Alvini? Quella se l'è passata mezza Napoli, figurati! Pure tuo fratello ne sa qualche cosa. Massimo, che guardi a fare? Vuoi dire che non è vero? Come se non si sapesse.»

«Però è una bella donna» fa Ninì. «Non è una donna di classe, ma io me la farei subito.»

«Prima fatti dire da tuo fratello come si fa.»

«Lo so meglio di te, questo è poco ma sicuro.»

«E bravo Bellapalla! Poi me lo devi spiegare, una volta o l'altra.»

«Sentite, io non ce la faccio più a remare, quest'orecchio mi comincia a dare fastidio.»

«Massimo, stai diventando una schiappa, una zoza, una molla scassata. Scendevi a sedici metri te ne sei scordato? e non ti faceva mai male niente. Quella volta a Nìsida, sott'acqua ti dovevo lasciare!»

«Facci vedere tu che sai fare, ai remi, forza Superman!»

A quest'ora, a un centinaio di metri al largo del Cinìto, la solita folla di cutter, motoscafi, materassini di gomma, galleggianti e imbarcazioni di ogni tipo, tutte in gruppo, all'ancora, come in una rada. Le ragazze, con la voce perbenino languida su vocali e dittonghi, fanno il bagno e prendono il sole, qualcuna bellina, in un'atmosfera casalinga, un po' fiacca, e le chiacchiere s'incrociano in questo punto di mare aperto frequentato non si sa perché come un salotto, con Briciola nel suo barchino che vende pane e salame, coni gelati, Mottarelli e Coca-Cola, anche a credito.

Glauco ai remi, Ninì sdraiato a poppa come una regina d'oriente, Massimo con la testa inclinata per liberare l'orecchio dall'acqua – passano in mezzo alla flottiglia dei bagnanti come tra i tavolini di Middleton a via Caracciolo, guardando e ricevendo sguardi sempre con l'apparenza della degnazione. Stamattina niente da segnalare, è bastato un solo sguardo, a Ninì, per capirlo.

«Torniamo a Villa Peirce. T'immagini la faccia del guardiano?»

Ma la proposta di Glauco cade nel silenzio mentre gli scogli neri di Villa Peirce sfilano di nuovo sotto gli occhi di Ninì sdraiato a poppa, lentamente sfilano, a pochi metri di distanza.

... ora però ci devi raccontare tutto, Ninì, tutto quello che hai visto, dicevano. Quello che ho visto? – Nei minimi particolari, dicevano. E come faccio a dire quello che ho visto sopra gli scogli di Villa Peirce? So solo che m'ha fatto un certo effetto, tanto è vero che in conseguenza adesso non sono più Bellapalla, guardate, sapete contare? Sorpresa generale! Tutto per l'impressione di quella volta. Ridevano senza tenersi. – Nei minimi particolari, insistevano.

E va bene, tiriamola per le lunghe: Un pomeriggio, quasi di sera, un mare senza un'ombra di vento, e tutt'intorno alla villa quel silenzio, più grande del solito a quell'ora, così grande, che appena la prua toccò gli scogli il rumore sembrò un tonfo. E quel mare che tu lo guardavi e non sapevi ancora se era di giorno o di notte, tutto cenere, pallido e smorto come il cielo. Chissà come m'era saltato in testa di sbarcare a quell'ora sopra gli scogli, è proibito, e coi cani che ci stanno, non so se mi spiego. Poi la villa è piuttosto sinistra, pare una fortezza dove si tengono i prigionieri a marcire nei sotterranei, con quelle arcate saracene, quell'austriaco visto una volta col cappello di paglia vestito di tela bianca i calzoni stretti alla indiana, il proprietario della villa, dice, venuto a morire qua, che poi è morto veramente, un colpo alla tempia, vi ricordate quando si suicidò?

Abbrevia, abbrevia!

Negli scogli della villa ci stanno certi rancifelloni grossi e pelosi come aragoste, crescono indisturbati, diventano come carri armati, io pei rancifelloni ho sempre avuto una passione, e il pensiero dei ranci era più forte della paura. Nemmeno ero sbarcato e già ne avevo infilati tre, col solito sistema, il mazzone legato in cima allo stecco, e quelli appena sentivano l'odore uscivano a pinze spalancate per acchiapparselo. Io, zac! zac! cracrac! Infilati. Tenevano certe pinze a chiave inglese che se ti pigliavano un dito, in due te lo spezzavano, netto. Si stringevano rabbiose, come morse, sul ferro dello spiedo che li aveva trapassati da parte a parte. Ma ormai non si distingueva niente, quel lume di giorno che aveva resistito a stento nel cielo già scuro non ce la faceva più, e sui bastioni merlettati della villa, ora neri, che mettevano addosso un senso di paura, brillavano già le stelle, si vedevano e no, incerte ancora...

Se non abbrevi non è più divertente, dicevano.

E va bene abbrevio, era per creare un po' di suspense, invece voi dritti al fatto volete arrivare.

Uffaaà!

... fu allora, in quel silenzio, con la calma del mare e il cielo senza un suono ma solo quella specie di psss psss dell'aria quando è piena di tristezza di pace e di apprensione mentre cala la sera, dovete immaginare insomma questo silenzio e io, un ragazzino, ancora Bellapalla, che sento uno strano grido, anzi una specie di guaito, che veniva da chissà quale stanza della villa, ma poi pareva vicino, vicinissimo. Avevo pensato, qui qualcuno sta morendo, quel signore austriaco, mettiamo, coi cani che gli leccavano le mani e guaivano piano, una cosa così, oppure il suo fantasma. E il grido curioso si ripetette – no, era una cosa più viva e più sconvolgente di un semplice grido, una cosa che insomma mi sconturbò, ve l'ho detto fino a che punto, sentivo già dentro quel rimescolio, e senza sapere come, mi trovai a saltare sugli scogli neri in direzione di quella cosa. Ora ogni volta che passo con la barca davanti a Villa Peirce rivedo, affacciandomi silenzioso dallo scoglio alto che li riparava, quei due nudi sopra il materassino di gomma... Sì, la faccio lunga! Lo dite voi.

Intanto considerate che ero un minorenne e poi che non capita sempre di vedere una cosa così...

E i particolari? Questo è tutto? Te ne sei scappato sul più bello, senza continuare a guardare, lasciando lo spiedo e i rancifelloni sugli scogli? Manco avessi incontrato la morte! Di' almeno come faceva, forza! Com'era? Rifallo.

Avevo rifatto quel grido come un guaito, per farli ridere: e ridevano. Ma avevo visto – prima non c'era, e come potevo immaginare? – visto, mentre loro ridevano, due occhi color nocciola, fermi, larghi di strazio furore e disgusto. Massimo: da dove era venuto?

«Ai remi, Bellapalla!» la voce di Glauco lo scuote. «Non fare l'addormentato, vieni a remare.»

«La vuoi finire con Bellapalla? Ti debbo far vedere ogni volta l'accoppiata?»

«Ai remi! Un piccolo sforzo ti farà bene. Pensa se ti scendesse la terza!»

«Io con voi non ci vengo più, è l'ultima volta, l'ho detto e lo mantengo. Da ora in poi Ninì vi dice addio!»

«Guarda come s'innervosisce perché deve remare fino al Circolo. Non sono nemmeno quattrocento metri, mammamia! Sei proprio uno smidollato, uno sderenato, un accidioso!»

«A te ti debbo regalare un dizionario, così capisci le parole che dici.»

«Rema, cretino, che al Circolo ci sta Liliana che t'aspetta. Io preferivo la mamma. Massimo te la ricordi la mamma di Liliana?»

«Eh, come no?»

«La donna più bella che ho visto.»

«Per me era meglio Emi Dorelli. Ogni volta che la guardavi pareva che tutto stesse là là per finire, come se non potesse durare così... Sai come si guardano i fuochi artificiali? Così la guardavi.»

«Una volta venne al Circolo con un vestito rosso a fiori...»

«Emi era una dea, è inutile che ridi, cretino!, una dea nello spazio di un mattino. Nemmeno lei stessa sa più com'era. Nemmeno sa che meriterebbe di essere ricordata.»

«Mettiamoci una pietra sopra, allora. Alla memoria. Coi nomi delle ragazze e l'anno della bellezza. Chi devo segnare, Massimo?»

«E me lo domandi? Ci metterei immancabilmente Carlottina Capece-Latrio 1942, Emi Dorelli 1945, Isabella Dal Fabbro 1948, Carol Dellipaoli 1949...»

«Ogni anno col nome di una ragazza» dice ripensandoci Ninì, «niente male la mia idea. E quest'anno? Come lo chiamiamo il 1951?»

La barca si trova adesso all'altezza di Palazzo Medina – sbiadito nella nebbia del sole, con quelle mura corrose di pergamena, i buchi neri delle finestre infossate, in tutta la sua tufacea grandiosa vecchiaia a tener testa al trionfante azzurro sempre giovane mare.

Sulla terrazza una figurina che annaffia i vasi coi gerani. Assuntina? Ninì alza un braccio senza convinzione, per salutarla, ma lei non lo vede.

# V

Che stupido, andare tanto sotto, nuotando dietro un sarago che una volta nemmeno in considerazione l'avrebbe preso! Prima era niente scendere ai dieci quindici metri, neppure se ne accorgeva. Stamattina invece, sopra le *chiane* di Villa Maisto, ai cinque metri, la fitta nell'orecchio. Da quel giorno sotto il penitenziario di Nìsida, dopo la rottura del timpano, mai più guarito. È ancora otturato ma è meglio non scuotersi per liberarsi dal fastidio, pare che l'acqua penetri sempre più in fondo al labirinto osseo attraverso complicati canalicoli, prema su cartilagini e membrane, sui filuzzi dei nervi. Basta appena un movimento e rintrona, dentro, come l'onda in una caverna. Sulla via del ritorno, peggiorata la situazione remando. Ora restare immobile, così l'acqua troverà da sola in qualche modo una via d'uscita. Stagnando nei recessi timpanici deve aver formato una barriera che rende opaco e distante il mondo esterno, i rumori infatti arrivano come da lontano, e le parole degli altri sulla terrazza, il suono e il senso, più ottusi.

Sotto le palpebre abbassate, macchie verdi-arancione. La sdraio è una barella, e il sole? Il sole è una logora vestaglia tiepida che t'avvolge da capo a piedi. Dal tennis, a intervalli regolari, i colpi delle racchette, e la vena batte nell'orecchio, e la voce di Nìnì insiste, animandosi: «Allora come ti spieghi il successo di Tonino Peluso?».

«Successo? Lo chiami successo fare l'allevatore di galline?» A dire com'è difficile far soldi allevando galline. Con le morìe e tutto il resto. E dove? In un paese fetente del Sudamerica.

«Intanto lui va e viene col Saturnia, prima classe, e tu non tieni nemmeno i soldi del tram per venire qua!»

Ridono, l'acqua trema nel meandro auricolare, confonde le parole che quelli dicono.

«Filuccio!»

L'avvocato. Pare sempre arrabbiato quando chiama il cameriere.

«Be'?...»

Sì, accenna Filuccio con la testa, quasi sull'attenti, piccolo davanti all'avvocato Lo Sardo.

«Stanno ancora giocando?»

«Sì.»

«NO!» con l'occhio catastrofico esorbitante.

Sì, sì, conferma invece Filuccio, eh sì, che ci volete fa' eh, non è colpa mia se quelli...

«NO...» con quel *no!* costernato in faccia, mentre il lento sguardo semicircolare cerca invano un pubblico. Macché, tutti intorno a Ninì, a sentire le fesserie che dice. Il *no!* lentamente si dissolve, una sedia scricchiola, ecco s'è seduto proprio qua, pensa Massimo, addio!

«Cose-da-pazzi-cose-dell'altro-mondo» la voce dell'avvocato, ora senza intonazione, lenta, staccata, come leggendo un messaggio cifrato. Apre il giornale, i titoli in cinque colonne gli annunciano come al solito che per colpa dei comunisti sta per scoppiare la terza guerra mondiale, intanto è rimandata di un altro giorno, ma siamo lì lì: «Benebenebene... Di', sei stato a mare stamattina?».

Massimo accenna di sì, il movimento provoca una ondata che si infrange sulle pareti del timpano, un rimescolio serpeggiante tra le spirali ossee, deve essere il risucchio, un'altra leggera fitta dolorosa.

«Preso niente?»

Non muoversi. Un gesto con la mano: niente.

«Mai una volta che pigliate qualche cosa, ma come va 'sto fatto?... Tu hai sentito? Stanno ancora là dentro a giocare, ti pare possibile? *Due giorni e due notti di poker, senza interruzione*, in un Circolo che si rispetta queste cose, eh una volta l'ambiente era diverso. Cose-da-pazzi-cose-dell'altro-mondo!»

«... e non mi dirai che Tonino Peluso era un genio!» Ninì non la finisce più stamattina con questo Tonino Peluso. «Fesso era e fesso è rimasto, pure se va e viene col Saturnia dal Venezuela!» «Allora è fesso pure Glauco? Pure lui se ne va in Venezuela.» Va in Venezuela, così è nata la discussione, guai a chi gli tocca il Venezuela. Col torvo occhietto azzurro, l'altro è mezzo chiuso, e la smorfia di fastidio sulla faccia, sta attento al battibecco.

Ninì lo ha notato, figuriamoci: «Glauco?» dice, cadendo dalle nuvole, «Glauco non va ad allevare le galline, stupido, va a cercare i diamanti» e aspetta serio la risposta e la rappresaglia.

«I diamanti?! E che sono, vongole?»

Con una santa pazienza, proprio non gli va di scomodarsi per mettere a posto quell'incosciente, Glauco si alza dalla sedia a sdraio, l'occhio un po' pazzo, braccia scostate dal corpo per via dei dorsali gonfi sotto le ascelle. Si muove così, con una specie di dondolio da scimpanzé, verso il disgraziato, l'incosciente, l'imprudente, che ancora non capisce se scherza o fa sul serio, ma un po' pallido è, e ad ogni passo di Glauco indietreggia di un passo – Tutto previsto da Ninì.

Anche da Massimo: sempre la stessa scena, uffaà! Da un anno a questa parte Glauco è cambiato, qualcosa gli deve essere successo. Si ferma, abbassa la testa come un toro, poi a seconda delle giornate o vola il pugno o viene fuori lo sproloquio. Stavolta lo sproloquio. «Microcefalo! Paranoico! Degenerato! Mentecatto!» Annaspa in cerca di qualche altra parola complicata, resta indeciso se colpire o no, decide di no con una smorfia di disprezzo, è troppo facile, non ne vale la pena: «Informati, analfabeta! Istruisciti! E poi vieni a ridere in faccia a questo!». Agita l'avambraccio in un gesto isterico-osceno, quasi toccando il naso dell'altro, e ritorna alla sua sdraio, stanco.

Andata bene. Massimo si rincantuccia di nuovo dietro le palpebre sollevate quel tanto che bastava per inquadrare distrattamente la scena, sprofonda di nuovo in un caldo buio fetale, e: «Secondo te» dice l'avvocato, «quello s'avvia veramente in Venezuela con l'idea dei diamanti?».

Non lo sa, non gliene importa niente: glielo fa capire con un gesto. L'acqua sarà evaporata nell'orecchio? Le parole gli sono arrivate in un ronzio, come da una conchiglia.

Giù sulla spiaggia, davanti alla terrazza, i tre ragazzini stanno giocando a palla. Due eseguono passaggi e tirano a volo in porta, l'altro para a tuffo anche quando non è necessario. Massimo sente l'hop-hop di Giggino Cannavacciuolo che in quel momento arriva di corsa sulla palla: «Para!» grida al portiere, e tira una cannonata euforica, sleale, a tre metri dalla porta. Il ragazzino si scosta rassegnato a subire il gol, poi corre di malavoglia a recuperare la palla finita in mare.

«*Microcefalo, paranoico...* per lo meno sapesse che significa! Cose-da-pazzi-cose-dell'altro-mondo, con questa mania delle parole difficili un giorno o l'altro lo portano al manicomio. Dice *àdipe, madornale, erroneo*, per lui, hai capito? è come se 'ste parole fossero parole straniere. Tutto muscolo e niente cervello, non è capace di fare quattro chiacchiere filate, comincia coi sorrisetti che non sai se ti sfotte o sta pensando a un'altra cosa, ride storto, parla amaro, pare che gli hanno fatto chi sa che, e non ti dico se vengono fuori i nomi di quei due o tre guagliòni come, mettiamo, Sasà Santelli, Guidino Cacciapuoti, Livio De Martino... be', di' che hai visto Sasà nello yacht della Serino di Castelforte o sul motoscafo di Carlottina Capece-Latrio, e guarda la faccia che fa... "Filuccio! Portami un bicchiere di seltz con una scorza di limone dentro!"» Mentre Filuccio s'avvia lo trattiene a volo per un braccio: «Fredda, mi raccomando!». Riprende il giornale: «Uffaaà! oggi si crepa!» e con l'occhio fermo sul titolo IN CO-REA SI COMBATTE, ripete «Benebenebene...».

Lieve lieve lieve un venticello porta lontano, sul mare, le sue parole, sul mare dove un cutter con le vele gonfie fila verso terra. Ninì lo sta seguendo con lo sguardo. Si sforza di distinguere dai colori della bandiera o della striscia sulla linea d'acqua, a quale Circolo Nautico appartiene.

Si alza dalla sdraio per guardare meglio e si mette a cavalcioni sulla ringhiera della terrazza, in vedetta, con la mano a visiera sugli occhi. Alle sue spalle parlano ancora del Venezuela. Glauco dopo lo sfogo s'è calmato, ora sembrano tutti presi dalla voglia di andarsene con lui, nel gruppo circola una brezzolina di euforia, parlano dei milioni di Dodero... Milioni? Miliardi, vuoi dire. Più di Onassis. – Che faresti tu coi soldi di Dodero? E che farebbe Dodero coi soldi miei, quello voglio vedere, pure lui buttato sopra la terrazza di un Circolo sotto un sole cocente! Sì sì, meglio levare mano, te ne vai in Venezuela, paese giovane, per lo meno non vedi più le stesse facce! Come fa Elio che ogni tanto scompare, sai che è partito, e quando ritorna tutti s'interessano a lui.

«... già, e poi come fai?»
Glauco: «Come faccio che?!». È già esasperato, aggressivo. Risponde un altro più calmo, per lui: «A Capri come fai? Vai per una settimana coi soldi che bastano per un giorno e ci resti un mese. Tutt'è arrivare, e una volta a Caracas voglio vedere chi te ne caccia!».

«Io, veramente, a Capri non ci sono mai stato.»
E Glauco: «Bravo, bravo, pupetto!» con l'aria di dire: ma si può sapere che campi a fare? e con un sorriso mellifluo che allude a chissà quali avventure capresi, tutte senza testimoni, si capisce.

Pure Ninì a Capri ancora mai stato, ma non lo va dicendo «Uno di questi giorni ci vado, e allora...». Senza voltarsi per prender parte alle chiacchiere di quelli, lancia uno sguardo d'intesa all'isola azzurrina che naviga tra i vapori del mezzogiorno. Quest'estate, decide. E soddisfatto di aver preso l'appuntamento, continua a seguire le evoluzioni del cutter che dopo una bordata punta deciso verso il pontile del Circolo.

«Dove hai detto?»
«Eh?»
«Dove hai detto che sta?»
«Guaranjho, Guarugno, un nome così.»
«Nelle pampe, t'immagini la polvere?»

Impiedi, con le spalle addossate al muro bianco di calce, Filuccio se li sta a sentire, suda sotto la giacchetta abbottonata fino al collo, tenta di rimanere sotto la protezione dell'ombra che ormai è ridotta ad una strisciarella larga nemmeno un palmo, alla base del muro. I discorsi di quelli, sul Venezuela, gli si annebbiano nella testa: Tonino Peluso ha fatto fortuna tanto è vero che per due volte è venuto col Saturnia in prima classe, Mario Pestilli – se lo ricorda ancora guaglióne quando veniva al Circolo – diventato collaudatore di una fabbrica di aeroplani in Brasile a novecentomila mensili... Ogni tanto perde il filo, cade in una specie di sonnolenza canina bruscamente interrotta dalla voce di un padrone che chiama: Filuccio! «Ettore De Sario, e come no? Anche lui ha conosciuto, ora sposato a San Paulo con la vedova di un fabbricante di contrabbassi, sfondata, dice. Giovanni Criscuolo, sempre scapato quello! Nel Mato Grosso, come si chiama, ha trovato i diamanti, oggi nei bar di Rio chiede un Martini e dà al barista un diamantino di mancia...»

«Uuuuuuuuuh!...»

Ninì ulula, voltandosi per un momento, disgustato dall'esagerazione. Il cutter s'è fermato prua al vento, una barca col marinaio del Circolo s'è staccata dal pontile e s'accosta per prendere a bordo, adesso lo riconosce benissimo, quel fesso di Cocò Cutolo. E chi è quella meraviglia con lo slip nero, che Cocò, cose da pazzi! sta aiutando a scendere nella barca?

Il pontile dove sbarcheranno sta dall'altro lato del campo di tennis, sotto la terrazza degli spogliatoi. Vediamo un po' di che si tratta. Strascicando gli zoccoli come pattini, come per dire col rumore che fanno, io me ne fotto di tutti, aria e sguardo sicuro, indisponente, Ninì entra, per acquistar tempo, negli spogliatoi, così non pare che uno è andato là apposta a riceverli.

È un po' prima dell'una un po' dopo mezzogiorno, l'ora dei soci anziani, di quelli che contano nel Circolo e non solo nel Circolo, capi, notabili, decani di questo e di quello, si stanno spogliando in fretta e furia, paroliandosi allegramente, manate, colpetti sulle pance, urlati commenti sui reciproci corpaccioni che sono veramente uno schifo... no, ha ragione mamma, non è un ambiente molto chic questo, pensa Ninì. E dire che lei non li ha visti negli spogliatoi, li vede solo nelle sale del Circolo dove assumono un contegno. Qui li dovrebbe vedere, è un'altra cosa qui, sono diversi, si lasciano andare al rutto, al peto, girano tutti nudi con quei piedi unghiogialluti, li senti euforici sotto le docce che si raccontano storie di casino, che parlano di troie con competenza, rispondono cordialmente ad un insulto, e sempre esagerati nelle parole e nei movimenti, con quelle facce segnate, come dice Massimo, dalle rughe degli infiniti sorrisi servili rivolti ai potenti, e degli austeri cipigli rivolti agli inferiori. Poi te li trovi nelle sale del Circolo, in doppiopetto, al tavolo di ramino o di baccarà a discutere di questioni di precedenza e di procedura, ti fanno la lezione, statti zitto, io sono più vecchio di te, queste cose le so, ho l'esperienza. Esperienza un cacchio!

Pettinandosi davanti allo specchio Ninì gonfia il torace, fa un inchino alla ragazza che sta arrivando con Cocò – una specie di prova generale – ma decide che no, buttarla sul fisico è volgare, *savoir faire* ci vuole! Ripete l'inchino a torace sgonfio, sobrio, all'inglese, così va meglio, e s'avvia a fare pipì. Non visto vede passando quel cretino di Cerrone sotto la doccia: Restituirgli lo scherzo subìto ieri – con calma gli fa la pipì addosso. «Uno pari!» grida, ed esce sulla terrazza dove l'altro, che è nudo e troppo tardi s'è accorto, non può seguirlo. Ancora tutto eccitato dallo scherzo, con un sorriso di stupida soddisfazione sulla faccia, che resta lì dimenticato, vede *quella*, all'improvviso, biondissima, emergere dalla scaletta alla sua sinistra. Una che *stava* con Sasà: Betty Borgstrom, ancora un mito, vista, aspetta... l'anno scorso, con lui, a Villa Roseberry, e per poco non mi veniva addosso col motoscafo, ma mai avuto il piacere, stupenda, non c'è che dire, in costume. Cocò fa il disinvolto:

«A 'sta scema l'è venuto il maldimare.»

Quella guarda dritto negli occhi, imbarazzante. Qualcosa da dire, che darebbe Ninì per una battuta! E intanto *lei* domanda a Cocò:

«Chi è?»

«Come, non mi conosci?» fa Ninì, ma chi si crede 'sta stronza?

«Allora portami un panino.»

«Un panino!»

«Sì, col prosciutto.»

«Chiamala fame, altro che maldimare...»

Bionda e longilinea, bel contrasto, tra quei due. Arrivano così sull'altra terrazza. La discussione sul Venezuela si ferma di botto, e tutti a guardare Betty Borgstrom con lo slip quattro dita sotto l'ombelico, i reni sottili, lo stacco di vita, che classe! si vede da come cammina, una vera novità – tutti, tranne Glauco che volta le spalle di proposito, ma tanto chi lo nota?, per non dare soddisfazione, e si finge interessatissimo a quelli che giocano sulla spiaggia. È spuntato fuori un pallone regolare, di cuoio. Tirano certe cannonate in porta che tu ti meravigli come non si rovinano i piedi. A volte il pallone arriva sopra la terrazza e c'è sempre il fesso che corre ad acchiapparlo per levarsi lo sfizio di fare un tiro fortissimo.

Chi se ne sta sdraiato a prendere il sole in una specie di morte apparente, come Massimo, lo vede ogni tanto affiorare sopra la linea della terrazza e rimanere sospeso per un attimo, tra il cielo e il mare, nell'aria stagna.

Di sotto arriva un grido di dolore, qualcuno protesta, i più arrabbiati sono i soci anziani, li vedi azzardare certi tiri acrobatici, certe finezze, che sopra un terreno duro non se le sognerebbero nemmeno, ma qua se finiscono a terra non si fanno niente, si rialzano neri di sabbia e di sudore, con l'occhio che corre in cerca dell'applauso alla terrazza, gridano atletici hop-hop-hop! e soffrono per tutto il tempo che non gli passano il pallone. «Filuccio! Portami un rabarbaro. Tu che vuoi?» Massimo non risponde, sta guardando, e l'orecchio continua a pulsare, come Betty Borgstrom mangia il panino mentre Ninì le dice:

«Bello non è, ricco non ne parliamo, intelligente ho i miei dubbi, ha superato senz'altro la trentina: e tu? Il maldimare, il panino, tutte queste scene, per sbarcare e venire qua *a vedere se c'è lui*, come se non l'avessi capito! Ma come farà, mi domando io.»

«Lui chi, Sasà?»

«Bravo, pure Cocò c'è arrivato.»

«Perché *pure*? Che sono, fesso?»

«Dimmi piuttosto se l'hai visto.»

«Sta' calma, tranquillina eh... Ora ti dico tutto. L'ho visto stamattina, nemmeno un'ora fa, con Flora Alvini nell'otto-metri del Savoia.»

«Chi sarebbe?»

«Non conosci Flora Alvini? L'ex amica di suo fratello. Un'istituzione.»

«Non essere volgare. Sarebbe la moglie di Pippotto Alvini che sta giocando di là da due giorni a poker.»

«Stanno *ancora* giocando?» dice Cocò incredulo.

«Eh, l'ambiente era diverso, una volta, da un Circolo all'altro. Ogni Circolo era geloso delle sue tradizioni, domandalo a tuo padre che queste cose le sa. Per entrare in un Circolo come il Savoia, ce ne voleva! Si parla di prima della guerra e subito dopo, dei bei tempi di Scarfoglio, di Marcello Orilia che le camicie le mandava a stirare a Londra e lo vedevi sempre seduto a tavola col principe di Galles...»

L'orecchio aperto come il buco di un lavandino, la spirale d'acqua sporca che s'avvita nel buco, l'acqua entra e ingorga il cervello che si gonfia di parole, si gonfia come una spugna. Appena possibile strizzare la spugna, ritornare vuoto come prima, più leggero, inesistente. Un'operazione da ripetere spesso durante la giornata, pensa Massimo.

«... tu vuoi sapere a che punto siamo arrivati? Allora un Circolo che si rispettava non era una bisca qualsiasi com'è oggi, prima di essere ammesso dovevi essere presentato da questo e da quello, erano difficili, e guai se facevi qualche fesseria! Le signore non potevano neppure accostarsi, solo la domenica mattina vedevi le mogli dei soci sulla terrazza dell'Italia o del Savoia che ancora oggi sono i Circoli dove puoi trovare qualche persona perbene, ma sono cominciate le infiltrazioni anche là, e ora, vedi dove siamo arrivati, che questi stanno giocando *da due giorni* e nessuno gli dice basta. Io mi domando fino a quando vogliono continuare.»

«Il segreto è che siete cretine, ecco il segreto.»

«Grazie tante!»

«Allora tu dimmi perché tutte con lui, me lo sai dire?»

«Che c'entra, lo dici pure tu che lui è uno eccezionale.»

«Zitto tu, pesce pilota!»

«Che significa?»

«Sasà è il pescecane e Cocò il pesce pilota, pure te ti ha pilotata qua, poi viene lui, aummm! con un boccone ti mangia, e il pesce pilota tutto contento di aver fatto il suo dovere.»

«Si può sapere di chi state parlando?»

Ninì si volta: Mauro e Rossomalpelo, naturalmente la solita invadenza! Glauco osserva da lontano la scena con un sorrisetto sprezzante: Guarda come si danno da fare quei fessi vicino a quella. E che tiene di tanto speciale? Sì, l'hai trovato il tipo che si mette a fare teatro davanti a una cretina che chissà che si crede... quando poi, l'altro giorno, parlando con una come lei esce fuori per caso il *simùn*, che è un vento del deserto e tutti lo sanno, ma lei niente, nemmeno questo sapeva, mai sentito nominare...

Mariella, questa non ci voleva, arriva col bassotto sotto il braccio, così come è uscita dal letto, senza trucco, due occhiaie che sembrano occhiali di tartaruga con la montatura grossa, e tutt'allarmata si butta su Ninì, senza riguardi a dire davanti agli altri i fatti suoi, e di Pippotto ancora di là a giocare, due notti che non si fa vedere, e se non ci pensa nessuno, ci va lei di là a farlo smettere, uno scandalo santo Dio! Ninì strizza l'occhio a Mauro, comincia ad aizzarla, perché quella è veramente capace di fare una scenata da vicolo, e te l'immagini allora la faccia di Pippotto? Come avrà fatto a prendersi per amante una come Mariella con una moglie come Flora, che tutto si può dire, ma bellina è bellina... Mauro ha capito a volo, dice che è informatissimo, quanto perde questo e quanto perde quello, cifre enormi spropositate e tutti intorno a sentire, con Mariella che vede in pericolo l'appannaggio e per l'agitazione parla il dialetto bolognese d'origine. Uno scherzo! Uno scherzo, glielo dicono subito. Ma intanto, guarda Mauro com'è invadente? S'è fatto presentare a Betty Borgstrom che conosceva solo di vista o di nome, già le dà il tu, una amica di Betty lui l'ha incontrata a Cortina: Chi? Donatella Percuoco – mentre Mariella continua a chiamarlo stronzo, e non ha tutti i torti.

«... *una tazza di caffè*, così oggi dicono invece di un milione. Quante tazze di caffè significa quanti milioni, hai capito? Quell'altro mi viene a dire che ha preso uno *scivolone* al baccarà, lui lo chiama uno scivolone: Una perdita di dieci milioni. E tu pensavi mai che Pagliulo potesse pigliare *scivoloni* da dieci milioni l'uno? Tanto ha perduto tre sere fa, non esagero. Ora sta là dentro a giocare pure lui. E i soldi domando io, dove stanno tutti questi soldi? Vanno facendo le rapine a mano armata? Perché, tutti questi soldi, io non li vedo. Mi dirai che Pagliulo ha sposato la figlia a quello dei provoloni, ma francamente io non lo facevo uomo da chiedere in prestito al genero dieci milioni alla volta. Dice che è tutto un giro, che una volta perdi, una vinci, e tutto s'equilibra. Sciocchezze! Qua i soldi o ci stanno o non ci stanno, e se non ci stanno vuol dire che si giocano la chiacchiera. Quanto allo stile dei giocatori, basta che senti Gargiulo al tavolo di baccarà: Il gioco è fatto, *e-nniente-va-chiù!*, e te ne fai subito un'idea.»

Dentro, quasi al centro della testa, in un punto imprecisato, lo scricchiolio di un tarlo. Massimo deglutisce e lo scricchiolio si rinnova. Il timpano deve essersi asciugato, dev'essere tutto secco, incartapecorito, ora, e incrostato di sale, il sale che ha lasciato l'acqua evaporando, e basta quel piccolo movimento del deglutire per farlo crocchiare...

Filuccio col rabarbaro. Il ghiaccio tintinna nel bicchiere.

«Faccio bene io che non gioco e preferisco fare lo *scarafone* girando intorno al tavolo, arraffando qualche *fiche* da cinquemila dal piatto del vincitore, la butto qua e là, raddoppio, triplico, e porto a casa. E pure se perdo, tutt'al più esco in pace...»

Massimo riprova a deglutire, adesso ha imparato, la contrazione smuove qualcosa dentro, riesce così ad ottenere suoni vari dal timpano, sinistri scricchiolii, un crepitio di carta sgualcita, strappata, appallottolata, un rumore di rami secchi, spezzati.

«... oggi non vanno tanto per il sottile, basta che puoi puntare perdere ed *eventualmente* pagare, vieni accolto a braccia aperte in qualsiasi Circolo. E poi si sa come va a finire con questa nuova gente venuta su che si va facendo così invadente: questo non ha pagato, quello ha fatto troppi debiti, quell'altro firma assegni a vuoto. Una volta queste cose nel caso peggiore si risolvevano col classico colpo di pistola, esagerato, se vogliamo, ma per lo meno più decente. Oggi se non paghi vieni classificato socio moroso, te ne vai e ti fai dimenticare per qualche mese. Poi ti fai ammettere in un altro Circolo e comincia la stessa storia, così tu vedi gente che passa da un Circolo all'altro e dopo anni di peregrinazioni te li ritrovi al Circolo di partenza, dove le versioni del fatto che provocò le dimissioni si sono, diciamo così, un po' confuse. Poi basta un niente, uno ricorda e dice la cosa imprudente, vola lo schiaffo, e per settimane non senti altro: Hai saputo? Ieri, al Nautico, Bebbè Coppola ha preso a schiaffi Vincenzino Marzullo. Ecco a che punto siamo arrivati!»

Il ghiaccio, col caldo, si va rapidamente assottigliando nel bicchiere che s'appanna, l'avvocato si ferma per bere due sorsi voluminosi, Betty Borgstrom sta ridendo, lui si volta da quella parte: «Eh, beati loro!...».

«Una che si chiama Donatella Percuoco!»

«Sei uno snob, ecco cosa sei!»

«Ma è una questione di gusto! Una che si chiama Percuoco, non si può chiamare anche Donatella.»
«Lo vedi che sei uno snob?»
«Suona male e basta.»
«Betty Borgstrom come suona?»
«Benino. Le svedesi quest'anno sono di moda.»
«Per tua regola e norma, io sono più napoletana di te. Ninì, a te che effetto fa?»
«Betty Borgstrom?»
«Sì.»
«Uhmmmmmmmm!»
Fa la scena di uno che per l'emozione mugola, ingoia saliva, straluna occhi golosi come se volesse mangiarsela, e poi non riesce a trattenersi più. Indi balzo della tigre, ma questo vero, non recitato, eseguito da Ninì mentre Betty, puntellata sui gomiti, ride senza contenersi con lui addosso, perdendo l'equilibrio.
«Il solito trucco, ma riesce ancora, non è fesso tuo fratello, e guarda quella come ride! Virtualmente è *fatta*, e non lo sa. Però è proprio una bella guagliòna, sana, come la gatta del macellaio. Chi è? Non l'avevo mai vista da queste parti.»
Mariella sta esaminandosi nello specchio della borsetta: che mostro! pensa. Rimedia con due labbrone a cuore, pastose, che sconfinano da tutte le parti, e gli occhiali da sole che le nascondono mezza faccia. Tra un'oretta sarà a posto, piacente, rigenerata. È nervosa però, volta sempre la testa di qua e di là, come se non ci fosse abbastanza aria per lei sulla terrazza, se la piglia con quel povero bassotto, non segue più quello che dicono Mauro e Ninì in gara per divertire la Borgstrom. Chiama Filuccio, e Filuccio non sa che fare, gli ordini sono precisi. Ma intanto come la convince 'sta pazza? S'avvicina all'avvocato: «Avvoca', quella vuole che porto 'sto biglietto al signor Pippotto, che debbo fare?».
«E a me lo domandi? Tra poco vedi veni' Gargiulo, è lui il deputato al gioco, domandalo a lui. Invece di venire qua, a vedere che cosa sta succedendo, il nostro deputato al gioco, è mezzogiorno passato, e non s'è fatto vivo. Perché non viene e dice basta?»
Filuccio si stringe nelle spalle.
«Io poi voglio sapere quella Mariella, con la posizione che ha

raggiunto nella famiglia Alvini, perché si preoccupa tanto. La moglie di Pippotto, la signora Flora, che tu, caro Massimo, ben conosci, ha vinto un terno da quando il marito si è fatta l'amante. E come vanno d'accordo lei e Mariella! La vede con la pelliccia? E pure lei vuole la pelliccia. L'orecchino? Pure lei l'orecchino. Ora addirittura è Flora che va a dire: Per favore, Mariella, di' che vuoi un modello di Cassisi, e tutt'e due vanno da Cassisi.»

«Ninì, tu parli come uno che frequenta solo le principesse» dice Rossomalpelo, «quando poi si sa benissimo che sei di facile contentatura.»

«Rossomalpelo vuoi attaccare? E va bene, mi vedo costretto a raccontare alla signorina la storia della garçonnière... debbo continuare?»

«Continua, continua, i signori si stanno divertendo. Poi faccio il giro col piattino.»

«Ah, insisti, vuoi fare lo spiritoso, il disinvolto, e va bene: Lui e Mauro avevano preso in società una garçonnière...»

Non più un fastidio adesso, adesso nell'orecchio un galoppare di sensazioni più intense, tutto il sottile apparato dei piccoli elementi di percezione, nervi specifici, cellule sensoriali, in allarme. Qualcosa si va preparando... e arriva il bang! doloroso. Risuona ancora e già battono altri colpi ad intervalli pressanti, ma questi più morbidi gommosi. Quasi non lo distingue più il dolore, è diventato un'abitudine, è di nuovo un fastidio.

«... lasciava sempre i conti appesi e i camerieri appena lo vedevano glielo ricordavano senza tanti riguardi: *Il conto, Pallotta!* ad alta voce, dandogli il tu. Ora si fa chiamare *il conte Pallotta*, e ci crede veramente che è conte. Be', a fartela breve, neppure a me mi pagò, e sai, una cosa tira l'altra, io gli ricordo l'assonanza tra conto e conte e lui m'insulta. Insomma il duello. Ma non s'è mai potuto fare perché non sono stato capace di trovare due padrini. Andavo da uno: Ma come un duello? E chi te lo fa fare? Andavo da un altro: Con Pallotta? E come ti viene? Un altro mi fa i conti in tasca: Tanto per il dottore, tanto per il tassì, tanto per la cena di riconciliazione da Zi' Teresa. Arrivava a sessantamila lire, capisci? E tutto per una questione di assonanza. Questo mi smontò. Caro mio oggi il duello è una spesa voluttuaria, non tutti se lo possono permettere, mi sono dovuto tenere l'insulto e il duello non s'è mai potuto fare. Ecco a che punto siamo arrivati!»

Afferra il bicchiere e finisce il rabarbaro. Riprende il giornale che teneva fermo sotto un piede, e con amareggiato sussiego, con tanti benebenebene, si immerge tra i combattimenti nelle strade di Seul, manovra a tenaglia, forze comuniste, i morti, il comunicato... Chi ci capisce niente?

«Filuccio! Oggi mangio qua, va' a vedere in cucina se ci stanno i gamberi fritti.»

Il marchese d'Onofrio, stentoreo, arrivando: «Avvocato bello!».

«Marchese!...» riecheggia l'avvocato, con la stessa concisa euforia.

Il marchese si siede sulla sdraio, si guarda distrattamente intorno, sbadiglia senza ritegno come un animale, un sorriso trasognato gli illumina improvvisamente il faccione, indica col dito puntato uno dei giocatori sulla spiaggia:

«Guarda a Giggino Cannavacciuolo come gioca 'o pallone!»

Languido e tenero.

Giggino ha segnato di testa, con quella coccia pelata da ex saltatore di cerchi di fuoco – quando così voleva il Domatore – e sempre in gamba come una volta, anche ora che è agli ordini del Comandante. Un pazzo! In Ispagna, dice, se ne stava seduto allo scoperto sopra un carro armato in mezzo alla battaglia a canticchiare: Vieni, ohi, scheggiolina bella vieni!... E la scheggiolina era andata. Si vede ancora il segno sul capoccione lucido che ha catapultato il pallone in porta. Ma tutti gridano, non sono d'accordo sul gol. Ci sono due squadre ora, con portiere difesa e attacco, e si gioca pesante, senza esclusione di colpi. Gli hop-hop-hop! atletici ed eleganti non si sentono più, solo voci alterate, tonfi, e male parole. Assodata la questione del gol riprendono a giocare caricandosi, e in certi momenti pare rugby, altro che gioco del calcio! Li vedi uno sopra l'altro, braccia gambe teste sudore e sabbia, uno spasso per quelli sulla terrazza che: Forza panzone! – fanno il tifo.

«È rimasto proprio 'nu guaglióne» dice il marchese, uscendo dal suo rapimento.

«Sì, 'nu bebbé! Quanti anni gli date?»

«Come?»

«Quanti anni gli date?»
«Il conto è presto fatto. Voi ve lo ricordate Quagliarulo? Il console Quagliarulo, tanto una brava persona...»
«Ma quale Quagliarulo?»
«Come, quale Quagliarulo? Stava sempre qua, quello che se ne scappò con la signora Amalia Perrone, che successe quello scandalo e se ne dovette andare in Africa a fare la guerra.»
«Aaah! Ma scusate, voi dite Quagliarulo, grazie che non ci capiamo. Si chiamava *Quagliulo*, che morì a Padula quando sono arrivati gli americani.»
«Mo' gli americani che c'entrano?»
«Non è morto nel campo di Padula?»
«Ma che Padula e Padula, a casa sua è morto, avvoca', lo volete sapere meglio di me? Con l'ameba, che l'aveva presa in Africa, e poi, a distanza di anni...»
«A me m'hanno detto che è morto a Padula. Fu sotto le feste di Natale, l'avevano internato gli americani perché era fascista.»
«Sarà...»
Cerca di riprendere il filo, con l'occhio svanito su Giggino: «Se li porta bene, però, deve avere più di cinquant'anni, su per giù l'età mia. Be' io mi vado a spogliare, fa un caldo!». S'avvia.
«Gesù! Massimo, tu hai sentito il ragionamento? Gli avrà fatto impressione la parola *internato*. Lo volevano internare pure a lui i fratelli, capirai, uno che si vuole buttare dal quarto piano perché non gli hanno fatto la parmigiana di melanzane... e sempre 'ste scene all'ora di pranzo, povera mamma sua! Mò non ci sente, si va rimbambendo, s'è dato alla politica, quando parla ai comizi dice che la monarchia è *una brava persona*, io non capisco perché lo fanno ancora parlare. Aaah! È arrivato il deputato al gioco!»
Gargiulo, scarpe bianche, cravatta bianca, camicia bianca, e quella faccia di levantino sopra, nera come una cozza.
«Tu conosci l'inglese, non è vero? Bravo, bravo, allora è inutile che te lo traduco: *sometìng old* e *sometìng niù*, un po' di vecchio e un poco di nuovo, eh, quelli non li fai fessi, 'ste cose le sanno. Le dosi a discrezione personale, e là ti voglio. Ma mai, *ma-i*, tutto nuovo. E invece guarda a Gargiulo come s'è combinato stamattina. Non sa che l'eleganza è tutta questione di do-

saggio, come in politica. E si vede che ci ha pensato, il poveretto. Oggi sono pochi quelli che sanno portare il frac senza fare la figura di camerieri. Eh, 'ste cose tuo padre le sa.»

Gargiulo s'avvicina.

«Hanno finito di giocare?»

«Finito?» risponde burbero l'avvocato, con una punta di rimprovero ed una di adulazione: «Quelli se non li fate finire voi, mò finiscono, cavalie'!».

«Finiscono, finiscono.» Mentre ripete: finiscono, guarda Betty Borgstrom ed entra in trance.

Ninì se ne accorge:

«Cavaliere, permettete che vi presenti una bella guagliòna?»

«Dovevi sentirlo l'altro giorno, tuo fratello Ninì, che diceva a Gargiulo: Cavalie', una preghiera, ve lo chiedo per favore, se sto con una ragazza, salutatemi in italiano! E poi lo corregge quando parla: Cavalie', dovete dire *ottobre* con la *b* dolce, *ottovre*, così, che pare quasi una *v* tanto è dolce. Voi invece dite *ottombre*! Si dice *uvriaco* e non *umbriaco* come dite voi. A 'ste cose ci dovete stare attento, se no Lauro vi caccia dal Partito, là parlano tutti italiano. Ti dico uno spasso, uno spasso...»

«Che dice, che dice?»

È il marchese D'Onofrio, ritornato in short, a torso nudo, col cappellino di picchè bianco da marinaio. Si sdraia sulla sedia, davanti alla bella giornata.

«Parlavamo di suo fratello.»

«Fratello? Quale fratello?»

«Ninì, il fratello di Massimo.»

«Ah sì? E che dice?»

«Niente, sfotteva Gargiulo.»

L'avvocato ripete la storia di *ottobre* e *umbriaco*. Il marchese ride tutto nella pancia, questo è un genere d'umorismo alla sua portata, lo capisce immediatamente.

«Bravo, bravo. Figurati se non lo conosco quel mascalzone, pure a me si permette di sfottere qualche volta.»

«Ha ragione, ha ragione... Sta con una bella guagliòna, non è fesso come il fratello.»

«Eh, già, non è fesso 'o guagliòne! Bella, bella... Avvoca', quelli stanno ancora là dentro a giocare?»

«Eh, mò si muovono quelli! Se Gargiulo non si spiccia con le presentazioni... Quelli si sono organizzati, si sono fatti portare da mangiare, caffè a non finire, un rasoio elettrico, perfino la simpamina hanno voluto per tenersi arzilli, e guai a chi s'avvicina. So' diventati pericolosi, nevrastenici, cacciano via tutti, ieri sera Pippotto addirittura col coltello quando Mariella insisteva troppo. Due giorni e due notti. Ma che sono, le gare di resistenza?»

«Non è una cosa corretta, non vi pare? Una volta non si sarebbe tollerata.»

«Corretta? Voi dite *corretta*? Sono cose-da-pazzi-cose-dell'altro-mondo!»

«Ooooooòh!... È quello che dico pure io, allora dove andiamo a finire? Già che oggi tutto è possibile. L'altro giorno mentre facevo un discorso, eh, sì, adesso mi fanno parlare al popolo, 'ste elezioni, tutte fesserie... Che stavo dicendo?... Ah, sì, parlo al popolo, e come capiscono! Si divertono pure, perché, non per vantarmi, io sono buon parlatore e l'aneddoto ce lo metto sempre in mezzo al discorso, ma che volevo dire?... Ah, sì, un piccolo aneddoto preso dalla rivoluzione francese.»

S'interrompe, lo sguardo vitreo di stupore sull'avvocato.

«Mi corresse, *a me*, e il bello è che aveva pure ragione, un *tramvie-re*. Senti gli ho detto, ma tu sai pure la rivoluzione francese? Un tramviere, avete capito? E chi te le dice 'ste cose? Avvoca': se la stava leggendo. Due o tre pagine ogni sera, due o tre pagine prima di coricarsi. La rivoluzione francese, un tramviere. Con tanti giornali a fumetti che ci stanno, mentre noi la sera ce ne veniamo al Circolo a fare un ramino, quelli che fanno? Si leggono la rivoluzione francese. Avvoca', va a ruba, questi si vogliono imparare *come-si-fa*, perciò se la leggono, la vogliono fare pure loro la rivoluzione, tale e quale, e se il re non se ne andava pei fatti suoi, pure a lui appendevano al gancio come a quell'altro, poi mi direte se avevo ragione.»

Guarda preoccupato il mare o il futuro, tamburella con le dita il bracciolo della sedia a sdraio.

«Vi volete meravigliare? Avvoca', di questi tempi succedono tante cose, può essere pure che questi ti fanno veramente la rivoluzione, con tutte le storie che gli mettono nelle orecchie dalla mattina alla sera, i discorsi, i giornali, i partiti, quando mai ci erano abituati? E poi, vedete come va a finire, pensate a piazzale Loreto e a quel popo' che è successo in una città come Milano in quei giorni: Uno con la barba esce di casa e te lo pigliano per coso, là, come si chiama? per Teruzzi, era lui quello con la barba, no? Lo pigliano per Teruzzi solo perché pure questo qua portava la barba, e pam! pam! te lo mettono al muro, buonanotte, e chi s'è visto s'è visto. Poi arriva la moglie e dice: Gesù, ma voi siete pazzi? Questo è mio marito. E loro: Scusate tanto, abbiamo sbagliato. Ma come, dico io, voi uccidete un pover'uomo e poi dite: Scusate tanto?!»

Il fiato esaurito, mozzato dall'interrogativo che lo sguardo prolunga di fronte ad un immaginario pubblico al quale il marchese si rivolge, l'occhio sempre vitreo, congestionato. Poi si alza:

«Scusatemi vado a fare pipì.»

L'avvocato, dopo una pausa di silenzio: «Tu hai capito in mano a chi stiamo? E come travisa le cose! Nella piazzetta dove lui ha tenuto il comizio non ci stava *nessuno*, nemmeno *un* tramviere. C'ero capitato io per caso, se lo vuoi sapere, e lui già se n'è scordato. Un sole che non si resisteva, e lui, sopra una pedana con nastri tricolori Stella e Corona, che pareva un carro di Piedigrotta, si scalmanava come se stesse affacciato al balcone di Palazzo Venezia. Marche', gli ho detto, scendete da là. Queste cose me le potete dire via facendo, con calma. Pigliamoci 'sto caffè...».

Ride ancora, ripensandoci. Poi vede Pippotto Alvini, ma là per là non lo riconosce: con una faccia bianca come un panno, e la barba di un prigioniero.

S'alza di colpo, istintivamente, per aiutarlo – ma quello fa come uno che ha sbagliato porta, si ripara gli occhi con un braccio, cieco in tutto quel sole, rientra nel salone del Circolo, e sbatte a terra.

Mariella con le convulsioni, la portano via, e tutti a domandare: «Si può sapere che è successo?».

«Successo? Che volete che sia successo?» L'avvocato controlla l'ora: l'una e tre quarti. Fa mentalmente il conto e: «Cinquantadue ore e quarantacinque minuti!» annuncia come il segnale orario della Radio. «Ecco che cosa è successo, un colpo di stanchezza. Si permettono di giocare per più di due giorni. Non sanno fare altro: i signori nei Circoli, la gentarella al lotto, e tutti al totocalcio. Che sperano? Sempre in una combinazione di carte di numeri di segni. E poi ecco come si riducono, chiusi in una stanza piena di puzzo, di fumo, mentre qua ci sta 'sto sole, e non permettono a nessuno di entrare perché i signori sono nervosi quando si spellano vivi, con la testa che gli balla per tutti i caffè, la simpamina, le sigarette, i whisky, con le mani che gli tremano sopra le carte, e si capisce! Si giocano i milioni, non stanno a fa' la tombola coi fagioli!»

Continua così a perorare per conto suo, mentre di là, intorno al divano dove hanno adagiato Pippotto, un silenzio cade sul gruppetto, e poi uno esce e dice: È morto, un infarto – Aveva perduto?, domandano.

«Betty, andiamocene a fare il bagno, tanto qua che ci stiamo a fare? Lo spettacolo è finito. Ti muovi?»

«Andiamo al Cinìto. Là l'acqua è pulita.»

Massimo li sente, dietro le sue spalle, che passano. Ogni pulsazione nell'orecchio s'è fatta dolorosa, adesso, e lui conta le pulsazioni trasmesse dal nervo cranico ai centri cerebrali. Il dolore è come un animale vivo chiuso nella trappola del complicato organo auricolare, tra le spirali ossee della chiocciola, le rampe vestibolari, le fossette ellittiche ed emisferiche.

Poi muove appena un piede, per assicurarsi che è vivo.

# VI

Gaetano attraversa la strada, si ferma a guardare dal parapetto il mare grigio nella calura, acqua di lisciva. Sotto il livello della strada il rettangolo rosso del campo da tennis, e quei giocatori in calzoncini bianchi, grassi e ridicoli sgambettano dietro la palla. Cura dimagrante, il grasso si scioglie, un po' di moto consigliato dal dottore, per la pancia. Ai lati del tennis i due quadrati delle terrazze del Circolo Nautico. Comodi sulle sedie a sdraio a chiacchierare, e quegli altri distesi a terra nudi immobili in fila come morti. Con che impegno prendono la tintarella! Massimo sarà al Circolo? Sempre seccante arrivare a casa sua quando lui non c'è. Che dire alla signora: preparare un argomento di conversazione. Oppure scendere giù, nelle sale del Circolo, e domandare di Massimo De Luca. Pare semplice, è vero? E invece quel senso di imbarazzo, di vergogna, appena metti piede lì. Perché imbarazzo, vergogna? Non li conosci? Cavalieri, avvocati, commendatori, adorano Scarfoglio, al massimo sfogliano *Il Popolo dai Cinque Pasti*, o *Folli Vindici e Pirati: le Arringhe Celebri*. Facondi e iracondi, già arringati dal Duce, preferiscono ancora e sempre i gigioni e la genìa dei geni. Il Lussurioso Immaginifico li fe' sognare d'Oltremare, crispini e libici inneggiarono alla guerra *lirica*, e poi fascisti a quella lampo. Nello scatolone di sabbia cacammo sangue due volte e nella neve più volte lo sputammo, sempre in onore dei probiviri ossessionati dalla tranquillità della rendita. Moderatori di ideologie, galantuomini, degne persone e belle figure: riserva di saggezza. Da qui comincia lo sfasciume. Dunque sai chi sono, e dunque non è proprio il caso... Eppure: C'è il signor Massimo De Luca? Ed occhi indiscreti ti squadrano dal suo mondo, intuito e fiuto bestiale per annusare in te, non cane né lupo, l'ambigua vittima dell'assurda scala di valori da essi imposti e qui vigenti, ambigua per l'atavica predisposizione a subirli rifiutandoli, insomma tutto questo, e l'impossibilità di fregarsene sdraiandosi come loro nudo al sole. Vergogna ed imbarazzo, invece, il grumo vischioso dei sentimenti e oscuri risentimenti sociali, meschini ma giustificati, anche quando si scaricano su Massimo, tuo amico. Questi inviti a pranzo la domenica, per esempio, ne farei volentieri a meno. Le lezioni a Ninì, anche quelle, tanto per il profitto che ne ricava... giustificati in uno che gli è amico, sì, ma che a casa sua, anche se fa caldo, esita a togliersi la giacca. Gli dirò che parto, che vado a Milano, non sembra ancora una cosa reale – lontano da tutta questa perdita di tempo.

S'incammina lentamente. La facciata del decrepito casermone borbonico nasconde il mare alla vista. Sulla strada solito viavai di bagnanti, torrente affluito dall'interno del continente napoletano, s'ingrossa la domenica e straripa dal marciapiede. Ragazzini scalzi di tutte le misure, neri allegri e denutriti, e le loro occhiate, il bianco degli occhi come spicchi d'aglio. Ne vedi uno, ti volti un momento, e allo stesso posto ne trovi due, tre: partenogenesi partenopea. Sfiorati dal passaggio snervante delle motorette, dagli autobus coi grappoli umani sul predellino, dalle macchine, sotto il sole di luglio – un sole!...

Oltrepassato il casermone rossofragola, scoppia dal basso un vocìo confuso, e sotto la strada, di nuovo il mare nell'arco dolce della spiaggia, chiuso dalla selva delle palafitte, sovraffollato come Borgo San Lorenzo – un chilometro e mezzo quadrato, 125 mila abitanti, con una densità di 840 abitanti per ettaro, considera le strade, lo spessore dei muri e lo spazio inutilizzabile, ottieni, cessi compresi, una densità di 2,5 abitanti per stanza. E ci sono quattordici chiese, che diminuisce ulteriormente lo spazio.

Si affaccia dal parapetto: sale il vocìo feroce, si sgolano impastati di sabbia fino al mento, epilettici nell'acqua bassa davanti alla luce purissima sconvolgente del mare. Quel fastidioso senso di promiscuità ogni volta, anche poco fa, nell'autobus. Una specie di vertigine che ti attira verso quel ribollire di corpi di facce segnate dall'usura del vicolo. Basterebbe un solo sguardo di simpatia, dato o ricevuto, una semplice occhiata di riconoscimento, un nulla, per sentirsi fagocitato dal magma umano come un albero dalla lava, distrutto, l'appartenenza a se stesso perduta, risucchiato dalla prevalente unità psicologica, sopraffatto e partecipe di colpe storiche. – I preti e i frati concitavano quelle genti con gli stimoli potenti della religione. Senza amore di parte, ma per guadagni e rapine, si giuravano sostenitori del trono. Aniello Totonno Ciccillo, orde ingorde della Santafede elettrizzate dalla promessa del sacco risalivano la penisola. La Foresta Vergine che avanza, col Cardinale in testa, muovendo lentamente per dar agio alle rovine della Repubblica di crescere e alla fama di narrarle. Adoratori di Facciagialluta e facciatosta, vili e servili sognano ancora farina feste e forche, un re lazzarone, i guasti i pasti e i fasti del quarantaquattro, campano ancora per scommessa, nascosti al Padreterno nel gomitolo del vicolo: ultimi detriti dello sfasciume.

Col capogiro distoglie lo sguardo dalla piccola Cina formicolante sulla spiaggia sotto i suoi occhi. Oltre l'ultima fila di cabine protesa nel mare come una barriera all'invadenza di quei bagnanti, in uno specchio d'acqua più tranquillo, la mole cadente e fastosa del Palazzo Medina domina la baia.

Lì il vocìo della spiaggia arriverà attutito dalla vastità incombente del giorno, uguale al ronzio dell'insetto tra i gerani, a quello dell'aeroplano passato altissimo nel cielo lasciando una sottile scia di fumo. Dalla terrazza la signora De Luca lancerà uno sguardo casalingo al panorama come per assicurarsi che tutto è a posto, il Vesuvio là, viola-polveroso sulla cima, più giù il caldo caduto come una cortina di tulle confondendo i colori in una tinta unica grigiazzurra con leggere sbavature d'un rosa pastello, un gruppo di case o un paese, lontano, sulla linea della costa. – D'estate la domenica è un giorno impossibile, dirà, gridano più forte la domenica.

Lo zio di Massimo, disteso sulla sdraio: Domenica scorsa hanno divorato tre missionari! – in terrazza, ad aspettare l'ora del pranzo. La signora De Luca non raccoglierà la battuta, non la capirà, i suoi sguardi continueranno a vagare, pieni di disapprovazione, sul mare domenicale folto di vele di barche di richiami, tutto in disordine, penserà, e si fermeranno sopra un punto oltre le cabine, oltre la folla dei bagnanti sulla spiaggia, oltre il casermone borbonico, dove biancheggia la palazzina del Circolo Nautico. «Di', l'hai fatta la zuppa inglese?» La voce dalla sdraio le impedirà di formulare il pensiero che ha fermato i suoi sguardi su quel punto, e il pensiero, acquattato lì, in un angolino del cervello, senza decidersi a venir fuori, accentuerà quel futile nervosismo, quella tesa distrazione, che poi ritrovi tante volte anche in Massimo. «Di', c'è o non c'è?» insisterà la voce dalla sdraio, e non ricevendo risposta inizierà il monologo: Oggi viene mammà, e tu lo sai che ci tiene al dolce, la domenica. Poi avete un invitato, ho visto il posto a tavola, non parlo di me che pure un ospite posso considerarmi, tanto lo vedo che con me non fate complimenti. Ma insomma con tutta questa gente, non mi pare bello senza dolce... Finalmente il pensiero si farà largo nel cervello della signora De Luca e si manifesterà: È capace di restarsene tutto il giorno al Circolo, ma io dico, che ci fa tutto il giorno, senza farsi vedere, senza ricordarsi che ha una famiglia, senza avvertire, in certe occasioni della vita bisogna essere puntuali, se no dove andiamo a finire? Andrà al telefono guidata da questo pensiero, farà il numero ed aspetterà col ricevitore all'orecchio che il cameriere del Circolo le chiami Ninì, Massimo, il marito, qualcuno. Dalla terrazza arriverà fino a lei, insieme al lontano vocìo della spiaggia, una canzone di protesta: No tu non mangi broccoli / carciofi o baccalà / Ti nutri di gardenie / di giacinti e di lillà... Se è possibile che un uomo di cinquantatré anni, dico cinquantatré – penserà la signora De Luca riferendosi al fratello che canticchia là fuori, e lascerà anche questo pensiero incompleto come tutti gli altri. Piantata lì, col ricevitore in mano, quei cafoni, è loro abitudine! E riattaccherà indispettita.

«Lei ha sempre in testa un pensiero e un soprappensiero» sta dicendo Massimo, come se fosse la prima volta.
Assumere l'aria un po' divertita richiesta dalla circostanza, dall'atmosfera un po' speciale di commedia che si trova la domenica a tavola coi De Luca, sapendo in anticipo tut-

to quello che si farà e si dirà, senza capire perché Massimo vi collabora. Certe volte è irritante. Per esempio come fai a prenderlo da parte e annunciargli: Massimo, vado a Milano, ormai è deciso.

Sta dicendo: – Metti che il pensiero è: devo andare alle cinque dalla sarta. E il soprappensiero: Ninì avrà comprato le scarpe? Arriva Ninì: Sei andato dalla sarta a comprare le scarpe? gli fa, e Ninì: Ci andrò appena mi verrà un po' di appetito. Continuano così per un pezzo, e lei non s'accorge...

Qui si deve ridere.

«Be' che c'è da ridere? Forse sarò stata un po' distratta.»

«Per lei le persone sono divise in due categorie, le persone *carine*, che sarebbero poi i *signori*. E i *cafoni*, che sono tutti gli altri, quelli che incontri per la strada, nei filobus o al Circolo. Esistono anche due categorie intermedie, a dir la verità, quella delle *brave persone* e quella delle *persone impossibili*. Le sue amiche, per esempio, sono carine, gli amici e i clienti di papà sono cafoni, le sue sarte sono brave persone, se ritardano la consegna sono cafone. I comunisti sono cafoni e volgari, i monarchici sono signori, De Gasperi sembra un impiegato ma si vede che è un signore, e così di seguito...»

Lo zio: «Io come sono classificato?».

«Volgare e impossibile.»

Qui altra risata.

«Lo sapevo, lo sapevo. E tu sei uno scostumato, ma fuori discussione, perché lei i suoi figli non li classifica.»

«Gaetano è una brava persona, ma puzza di comunismo, la nonna è impossibile ma è una vera signora.»

«E perché sarei impossibile?»

La signora De Luca: «Tu lo stai pure a sentire?».

La nonna: «Sai piuttosto a che stavo pensando oggi? Al marchese Solino Belmonte. A Roma, quando tua nonna era una delle prime bellezze della capitale, ricevuta da tutta la nobiltà...».

«E dall'Aristocrazia Nera» suggerisce lo zio.

«Ricevuta da Papi e Cardinali che tu poverino non te li sogni nemmeno che cos'erano quei ricevimenti! Già che siete di un'altr'epoca voi, e tu non so da chi hai preso, povero figlio mio!»

«Ho preso dal ramo plebeo della famiglia.»

«Certo non hai preso da me, e neppure dalle tue sorelle... che stavo dicendo?»

«Del marchese Solino Belmonte» fa Massimo.

«Ah, sì, questo marchese allora faceva la corte a tua nonna. Era l'epoca, signor mio...»

E si rivolge a me. L'epoca, dirà, in cui a Villa Borghese il re Umberto passando in carrozzella fece fare dietro-front al cavallo per lanciarle una regale occhiata... Se le parlassi dei tumulti di Milano del '98? Tentazione irresistibile. I soldati del Re Buono che sparano sulla folla, Turati e Anna Kulisçioff arrestati, e insomma tutta l'altra versione.

«... questo Solino Belmonte era straricco, casa magnifica, principesca, servitori in livrea, piatti d'oro, arazzi, non vi dico! E una sera, sentendomi cantare Vissi d'Arte Vissi d'Amore, perdette la testa il pover'uomo. Allora la nonna era una vera bellezza, non la vecchia che vedete adesso, e aveva una voce, una voce...!»

Previsto. Infatti canta: «Viii-ssiii, d'Aaa-rte, Viii-ssiii, d'Aaa-more!» molto convinta, per un intero minuto, da un immaginario palcoscenico, sconnessa voce di soprano, e sul finale il braccio che allontana applausi, fantasmi del passato, re, marchesi... Assuntina incantata, col timballo di maccheroni, seguita da Mississippì a coda ritta.

«Caccia quel gatto!» dice la signora De Luca: «Io odio i gatti».

Lo zio, nel silenzio che segue le prime convulse forchettate: «Mangiare per me è l'ultima cosa» e aspetta la battuta di risposta.

«Si vede, si vede.»

«La domenica faccio un'eccezione, se permettete.»

«Ma se ogni volta che t'incontro mi domandi: che cosa avete mangiato oggi?»

«Ha parlato l'intellettuale della famiglia!»

«Massimuccio, lascialo stare. Lui è un po' *grossier*, capisce solo il pallone.»

«Scusa, nonna, *grossier* non ti pare una parola troppo fine applicata a zio Umberto?»

«Hai ragione, pure il nome è sprecato, un bel nome di re.»

«E il marchese Solino di Belmonte?»

«Pigliami pure in giro, caro mio. Se facessi un viaggetto a

Roma, rimbambito com'è, una buona rinfrescata alla memoria gli darei, qualcosa me la lascerebbe...»

Ora, l'arazzo.

«Basterebbe uno solo degli arazzi che quel fetente tiene nel salone, per cambiare la nostra vita da così a così!»

«Ma quello è vivo e arzillo!»

«Vivo, vivo, certo che è vivo! Pure i moribondi sono vivi. Ce ne andremmo a Parigi, anche lei è invitato, sì, perché deve essere un bravo giovane lei, modesto, non è vero?»

Sul *modesto* Massimo mi strizza l'occhio, divertito. Vergogna e imbarazzo.

«... e lì, caro mio, nonostante i miei settantadue anni, settanta-due, le farei vedere che *verve*!»

Massimo ride incoraggiante, in maglietta azzurra, nero di sole come tutti loro. Sorriso di risposta dal pallido amico all'amico abbronzato.

«Pa-a-rìgi, o-o cà-ra, noirì-vedre-mo...!»

Ninì! Come al solito in ritardo, sulle ultime parole della nonna, a passo di valzer entrando, – lavitaunì-ti-trasco-rre-remo – con un immaginario calice di champagne traboccante.

«Vieni qua, siediti vicino a me, tu sì che sei nipote di tua nonna!»

Schioccano baci, affioranti lacrime di commozione.

«Vorrei vincere un terno al lotto, non molto, qualche milioncino. Allora...»

«Domenica scorsa ci accordammo sopra una cifra dai cento ai duecento milioni.»

«È lo stesso. Con qualche milioncino la gente acquista fiducia e ti fa credito, 'ste cose le dovresti sapere.»

«Non ci avevo mai pensato» fa la signora De Luca, colpita.

Ninì sì, dirà, nel suo piccolo ci ha pensato. Per esempio a Positano, l'anno scorso il primo giorno che va al bar della Buca chiede un whisky, costa cinquecento e al cameriere lascia mille, il resto di mancia, così per tutta l'estate whisky a credito.

«E poi li pago io» dice il signor De Luca.

«Ci tratti sempre come se fossimo animali domestici che girano per casa.»

«Hai detto bene cara, siete affezionati, siete irresponsabili...»

«Sempre esagerato!»
Nel silenzio il bravo-bravo-bravo dello zio, apparentemente senza una ragione, ma dentro c'è l'ammicco, perfino quando t'incontra e ti dice buongiorno ci mette dentro l'ammicco, il sottinteso avvio alla scenetta. Anche stavolta: «Bravo-bravo-bravo... e lei sarebbe il professore di Ninì?».
Sorridere. Rispondere di sì. Sorriso:
«Sì.»
«Bravo-bravo-bravo.»
L'intenzione è misteriosamente raccolta, tutti a ridere. Occhi ridenti dal mondo di Massimo puntati attraverso la tavola sulla mia forse-goffa giacca, sul mio forse-sciocco sorriso, sulla mia forse-buffa cravatta: vergogna e imbarazzo.
«Ottimo elemento Ninì, studioso, preparato, serio, puntuale: glielo dice lo zio.»
«Ninì è troppo intelligente per studiare!» dice la nonna.
«Bravo-bravo-bravo...»
«E poi ricordati che tu sei sempre stato un ciuccio, una sola cosa sai: il pallone.»
«Per lo meno una cosa la sapevo fare. Il pallone ho imparato a calciarlo con Sallustro nella Villa Comunale.»
«Tutti sporchi come operai, così tornavano.»
Sul paragone, sguardo d'intesa di Massimo, ma evitato.
Evitato, e invece i miei occhi fissi negli occhi dello zio – accettando l'impossibilità della mente razionale di uscire dal labirinto meridionale, e perciò sei costretto ad inventare le *Sabbie Mobili* la *Foresta Vergine* ed altri miti che aiutano a capire senza vincere – attento a seguire parallelamente al corso di questi pensieri, la descrizione di una partita avvenuta tanti anni fa, attento come sulla *Fenomenologia* di Hegel, e dissociato, evitando lo sguardo di Massimo, occhi negli occhi dello zio, vergogna ed imbarazzo, a sentire di passaggi ricordati come mosse strategiche di una battaglia napoleonica, nomi elencati come quelli dei guerrieri dell'*Iliade*, Cavanna, Buscaglia, Vincenzi, Innocenti, Colombari, Visentin, Ferraris Secondo, Vojack, Mihalić, il due a zero dell'Italia Portogallo, il tre a zero dell'Italia Svizzera, si parla del '31 e del '32, gli anni d'oro, quando i napoletani andavano nella nazionale, e Sallustro sotto l'area di rigore

era un pericolo, a parare le sue cannonate un portiere si poteva rovinare... Parlerà come nuotando sott'acqua nella foga senza riprender fiato finendo a polmoni sgonfi con uno sforzo di volontà che impegna inutilmente gola e corde vocali, gutturalmente calando la sua voce farfuglierà nomi e date in un gracidio, le ultime parole colte stremate al traguardo dal mio occhio attento e volenteroso sulle sue labbra convulse, poi solo la sua faccia stralunata davanti a me, che finalmente inala, e Ninì con ironica premura: Vuoi un bicchiere d'acqua, zio?

Oppure Massimo approfitterà del momento per domandargli chi segnò quel gol della partita...

«Chi segnò con l'Ambrosiana nel '34?»

«Meazza al dodicesimo del secondo tempo.»

«E il terzo gol della partita Napoli Roma nel '38?»

«Lo vedi che non sai niente? Non c'è stato un terzo gol. Finì uno a zero per il Napoli.»

«Scusa, in che anno è scoppiata la Seconda guerra mondiale?»

«Nel trentanove o nel quaranta, mi pare. Cretino.»

«E la guerra di Spagna?»

«Uuuh! È un esame o un pranzo?»

«Lo sai o non lo sai?»

«Non me lo ricordo.»

Lo zio si presterà a recitare di buon grado la sua parte, vera del resto. Cambieranno magari le domande di Massimo: Hiroshima, la rivolta degli operai a Berlino, il processo dei medici, la guerra che continua in Indocina... ad ogni domanda Massimo mi inviterà a ridere alle spalle dello zio, i suoi sguardi respinti con imbarazzo e vergogna, mentre la signora De Luca: Perché dobbiamo pensare a queste cose tristi? – e lo zio passerà al contrattacco: Tu fa' lo spiritoso, ma voi con tutta la vostra storia ci perdete al confronto, noi eravamo ragazzi vivi, uscivamo dal fuoco, alla tua età tuo zio era un leone, appena si incontravano due o tre di noi in una strada, come per miracolo spuntava una palla, e finivamo che era scuro, eccetera.

Poi Ninì, a seconda dell'estro: Siamo l'unica famiglia napoletana il cui primogenito può far precedere il titolo di *sir* al proprio nome.

«Ma perché dici tante stupidaggini?» gli dirà la madre.

«Il titolo fu concesso da Sua Maestà Britannica, un De Luca aveva aiutato l'ammiraglio Nelson ad impiccare Caracciolo.»

«Non dire queste cose nemmeno per scherzo, lo sai che sono amica dei Caracciolo.»

Dirà che un antenato De Luca travestito da donna entrò nella fureria del comando di Garibaldi fermo al Volturno, e fece sparire la cassaforte coi soldi per la truppa, e che questa è l'origine della ricchezza del nonno.

«Te la dico io quale è stata l'origine, *lavorava*.»

«Sì lo so, babbo, alle sette del mattino eccetera, e tu pure facesti un affare, eccetera.»

Oppure cercheranno di stabilire quale dei parenti ha causato la fine della fortuna del nonno, e allora interminabili discussioni su crisi, crack in borsa, il brillante, sperperi, inflazioni, il casinò di Montecarlo, fallimenti, suicidi, protesti e cambiali, insomma una specie di medioevo economico della famiglia – e la nonna concluderà dicendo che i soldi non fanno il vero signore.

«Quanto mi secca quando ti sento fare questi discorsi da comunista!» sta dicendo la signora De Luca: «Lo fai apposta per me, è vero Ninì? Che c'entra la nobiltà della madre, vorrei sapere?».

«Io volevo solo dire questo: La madre di Guidino Cacciapuoti è una Santafede di Putignano?»

«E che c'entra?»

«Niente, il figlio di questa nobile, si trova in galera per furto con scasso.»

«Che c'entra la nobiltà, vorrei sapere. La colpa semmai è del Circolo, lo dico sempre io, ma tuo padre figurati, è il primo lui a dare l'esempio...»

«Già, io sono un delinquente: gioco a ramino con la signora Cotogna e il signor Fricelli a un soldo al punto.»

«Come sei scocciante con questa signora Cotogna e 'sto signor Fricelli! Chi li conosce? Insomma se non fosse andato al Circolo a giocare e a far debiti, ora Guidino non si troverebbe in galera.»

«Ha fatto la guerra, tiene quarant'anni quasi, potrà pure andare al Circolo.»

«Sai quanto ha speso il bambino in una sola sera allo Shaker?» dice Ninì: «Ottocentomila. Per portarci, pardon!, Carla Boursier, che con Livio De Martino andava gratis dovunque».

«Gratis... s'è fatta sposare, altro che gratis. Ha fatto un bel matrimonio, non è stata scema.»
«Ottocentomila lire!» strilla Assuntina entrata col vassoio del fritto misto.
Dorate alici croccanti. Allungo di Ninì, colpetto di Assuntina, secco e rapido sulla mano furtiva, l'alice ricade nel vassoio.
«Ninì, che brutto vizio tieni! Aspetta di essere servito.»
«L'abbiamo fatta venire apposta dalla Scozia per lo stile del servizio a tavola» Ninì mi spiega per inciso, in confidenza. La signora De Luca lo guarda perplessa, senza capire la battuta, poi si accorge di Mississippì:
«Assuntina, di nuovo è entrato. Caccialo.»
«Babbo, ti ricordi l'anno scorso quando Pippotto Alvini morì d'infarto al Circolo?»
«Figurati se non me lo ricordo, me lo debbo ricordare per forza, ce lo ricorderemo tutti, per parecchio tempo, non dubitare.»
«Sempre malaugurio, come suo padre» sbuffa la signora De Luca a capotavola.
«Giocarono per due notti e due giorni di seguito. In una di quelle due notti il ragazzo Cacciapuoti con una chiave falsa entrò in casa Alvini all'ora giusta, perché la cameriera era andata al paese, e Flora chissà dove stava quella sera. Così fece fuori tre milioni di gioielli. Ora al processo pure quella storia è venuta a galla, ma Flora si è comportata bene, ha ritirato la denuncia.»
Bianco vino ghiacciato appanna il bicchiere di Massimo, anche gli occhi già appannati, poi di là sul letto, nella controra, incapace di una lucida conversazione, tra i fumi di contagiose esasperate malinconie. Milano, gli dirò, è deciso, in settimana parto – lontano da tutta questa perdita di tempo.
«Il bambino purtroppo ha fatto la stessa operazione, una volta a casa di Cocò Cutolo, e poi a casa di Marino Perrella. Insomma per non mandarlo in galera il padre deve sborsare, pare, più di novantotto milioni liquidi, non so se mi spiego, e così le proprietà della Santafede di Putignano, liquidate. Al processo c'è stato il défilé delle sue amiche interrogate dal giudice, e nessuna ha ammesso di aver avuto rapporti intimi con Guidino, tranne Flora Alvini, viva la faccia!»
«Che peccato, un ragazzo tanto perbene, così carino!»

«Perbenissimo, con duecento chiavi false, le hanno trovate nella Giulietta che s'era fatta prestare da Cocò. Anche un piede di porco hanno trovato.»
«Un piede di porco?»
«Mamma!... È una specie di leva per scassinare porte e serrature!»
«E perché *dovrei* saperlo? Lo dici con un tono...»
«Hanno trovato un'agenda con tutti i numeri telefonici e i nomi delle ragazze che si portava a letto. Sotto quello di Dorothy Rispoli ci stava scritto che accetta solo in macchina, sotto quello di Donatella Percuoco che accetta solo se mentre stai sul fatto le parli del più e del meno.»
«Come sarebbe, del più e del meno?»
«Bella giornata oggi, che film hai visto ieri, andiamo a Capri domani, conosci Tizio e Sempronio, così, del più e del meno. Invece Adriana Citomarino è disposta tutti i giorni, tranne il sabato, perché è molto religiosa e la domenica va a messa, allora le sembra sconveniente, il giorno prima...»
«Gesù, Gesù, Gesù...»
«Assuntina, si può sapere perché *tu* ti scandalizzi?»
«Che debbo fare? Debbo dire che brave ragazze?»
«No, no, ma si sa benissimo che tu pure, con Gennarino...»
«E già! Mi hai presa per una di quelle guagliottole che conosci tu?»
«Per favore, Assuntina, sta' a posto tuo, va' a prendere un po' di vino, che è finito. E a te, Ninì, quante volte ti debbo ripetere di lasciarla in pace? Non si può fare più nemmeno una conversazione a tavola, lei deve sempre intromettersi, quando mai s'è visto?»
«Pensa che ingenuo, però! Entra di nascosto nella casa del commendator Marzullo che già non lo può sopportare per la ragione che sapete. Quella sera invece di restare al Circolo, al tavolo di baccarà, Marzullo se ne ritorna a casa un po' più presto del solito. Guidino dalla finestra dell'appartamento lo vede, e nella furia si dimentica delle scarpe.»
«Le scarpe?»
«Se l'era tolte per non farsi sentire.»
«Ma se non c'era nessuno in casa?»
«Mamma!... Da quelli di sotto, no? E poi si fa sempre, per pre-

cauzione, è sempre meglio fare tutto in silenzio. Ora vuoi vedere com'è furbo? Tu sai la mania che lui tiene per le scarpe, le comprava da Marino a trentacinquemila lire il paio, quelle inglesi, una meraviglia, di cuoio bulgaro, rossicce, con la fibbia di lato. Be', lui scappando se le *dimentica*. Come se a Napoli tutti portassero le scarpe che vengono da Regent Street. Non ci voleva Sherlock Holmes per arrestarlo. Ora, se tutto finisce bene al processo, dice che se ne vuole andare in Venezuela.»

La voce di Massimo, spenta già da noia e vino: «Il Venezuela è passato di moda!».

Arrivato al quarto, quinto bicchiere. Prima della stolida sonnolenza parlargli di Milano, dire: In settimana parto, ho trovato un posto al giornale. Prima dell'atonia della siesta, vuota di parole, confusa di pensieri dirgli: Ho trovato un lavoro, vado a Milano. E poi: Ti aspetto là, ti preparerò il terreno, cose così, e dirgli, fargli capire che l'unico amico che lascio... del resto è vero.

Sta dicendo: «L'ultimo a partire è stato Glauco, l'anno scorso».

«A caccia di diamanti!»

«C'è andato veramente.»

«Tra gli indios della foresta vergine avrà trovato finalmente chi lo capisce.»

«Perché, secondo te la foresta vergine sta solo là, e gli indios sono peggio di noi?»

«Massimuccio, hai bevuto un po' troppo? Chi è questo Glauco?»

«Nonna, Glauco è quello che qualche anno fa mi salvò mentre stavo stupidamente affogando sotto il penitenziario di Nìsida.»

«Allora gli auguro una miniera di diamanti!»

«Figurati, quand'era bambino, dormiva con un collare di mastino stretto alla vita.»

«Bell'originale!»

«E a te, come ti salta in testa di andare a Milano con questo caldo?» fa Ninì.

«Che significa?» mi chiede Massimo, guardandomi.

«Come, Gaetano, non gliel'hai detto a Massimo che te ne vai a Milano?»

«È vero?»

«Sì.»

Gli occhi di tutti addosso. Con simpatia in un attimo di fug-

gevole interesse. Sono io la bestia rara. Imbarazzo e vergogna. E poi Massimo dall'altro lato della tavola, già distante dietro la nebbia di vino e di malinconia, col rimprovero nella voce:
«E perché non me l'hai detto?»
«Parto fra tre giorni, deciso ieri sera, mentre facevo lezione a Ninì.»
«Ieri sera?»
«Un telegramma di Michele, hanno bisogno di qualcuno al giornale e lui ha fatto il mio nome. Te lo avrei detto ieri sera se ci fossimo visti, ma tu non hai potuto, e allora...»
«Eh, a Milàn l'è un'altra roba, sveglia alle sette, doccia, e giù in fabbrica a lavorar come matti!»
«Statti zitto Ninì, imbecille!»
«Uè, Massimo, calmati eh!... Che ho detto?»
«Certo, partire con questo caldo, in piena estate...» osserva la signora De Luca.
«Fa benissimo, fa benissimo. Bisogna rendersi indipendenti.»
«Babbo perché guardi me, scusa? Guarda pure dalla parte di Massimo. Lui ha sette anni più di me, è lui che deve dare il buon esempio al fratello minore.»
«Lui per lo meno sta per laurearsi. Tu invece non hai voluto mai studiare.»
«Ma scusa, babbo, pure tu in questo senso, se vogliamo...»
«Io ho cominciato a lavorare a tredici anni, per tua regola e norma.»
«Per favore non facciamo discussioni inutili. Assuntina, porta la frutta.»
«Io direi di festeggiare la partenza del mio professore.»
«Bravo-bravo-bravo, e visto che non c'è il dolce, quella bottiglia che vi è arrivata l'altroieri, è sempre disponibile?»
«Ma guarda com'è informato questo!»
«Dovevamo partire insieme...» dice Massimo, senza convinzione.
Sbriciolando un grissino, occhi bassi sulla tovaglia, vergogna ed imbarazzo, sotto gli sguardi puntati addosso: «Non posso aspettare, Massimo, lo sai».
«Bravo-bravo-bravo.»
Ma nessuno questa volta coglie l'intenzione.
Si stappa la bottiglia in mio onore.

# VII

I comandi di un timoniere da una jole di passaggio. Arrivano e lentamente si dissolvono nell'aria ferma. E di nuovo, poi, il gridio dalla spiaggia, lontano. I bagnanti della domenica hanno tutti le voci infantili. Il corpo sul letto nella penombra della stanza, disteso. Anestesia della siesta. Le pareti dello stomaco dilatate dal pasto domenicale. Mangia, dice Assuntina, Massimo senti com'è buono, dice la mamma, questo bambino mai appetito, diceva, mi fa disperare, non mangia. Lavorio interno. Sughi e fritti impegnano le glandole delle aree gastriche, i grassi ritardano il processo di scomposizione chimica. Assuntina oggi s'è fatta onore. Mangiare, qui, non è una forma di suicidio? – l'ironia di Gaetano. Udibili rimescolii, involontarie contrazioni, biologico mugugno.

«Come faccio per esempio a dire al cavalier Gargiulo...» la voce di Ninì dal salotto, «"Cavaliere ce l'avrebbe un posticino per me?" "Un posticino per te?... Per farmi sfottere davanti ai miei impiegati?"»

Una forma di suicidio, la Foresta Vergine fin dentro le budella. Sempre esagerato! Ideologizzava perfino il pranzo domenicale: la Coscienza preda dell'Istinto; la Storia, della Biologia. Zio Umberto ideologizzato dallo sguardo di Gaetano, sguardo sottomesso e sprezzante attraverso la tavola. Io, dalle sue lettere. L'ultima, lì, sul tavolino. Come dice? *Da qui puoi vedere ogni luce di speranza e d'intelligenza che spunta sulla faccia della terra, quelle luci che da Napoli si vedono così male.* Roba da ridere. Per tutto l'inverno, in certe settimane nere, frasi così. Si vedono bene da Milano. Chissà da Roma come le vedrò. Solo perché uno lavora in un giornale milanese, solo per questo scrive...

«Quando mai mi sono permesso?» Ninì continua il numero nella doppia parte. «Quando mai? Ti sei dimenticato allora che *ogni mattina* tu mi salutavi, io rispondevo educatamente al tuo saluto, e tu, solo perché ho un leggero accento napoletano...» «Ma io non volevo sfottere, cavaliere. Era una preghiera: Vi *prego*, non dicevo così? Cavaliere vi *prego*, salutatemi in italiano.» «Ma *ogni mattina*? Dico io è mai possibile, ogni mattina, sempre questi scherzi davanti a quelli del Circolo, senza contare che potrei essere tuo padre, il rispetto...»

Stessi discorsi a mezzogiorno da Middleton. Il sogno, e Guidino Cacciapuoti, la faccia di Guidino, il mio pugno che si ferma come se l'aria fosse di gomma: Analizzare il sogno. Proprio questa notte, alla vigilia della partenza, come a volerti ricordare. E anche ieri. Quando meno te lo aspetti... Nella strada incontro uno che credevo morto, scomparso cinque o sei anni fa: Guarda chi si vede. Seduto allo stesso caffè, stessa espressione, atteggiamento, tavolo, di cinque o sei anni fa. Nome? Diamogli il tu. Che hai fatto di bello, da dove vieni. Stato sempre qua, e tu? Anche io, sempre qua, domani parto. Ah, sì? – Roma: pensiero confortante. È avviata la conversazione. Tra cinque o sei anni ritornerò, lo ritroverò allo stesso tavolo. Avviata purtroppo, la vischiosa intimità ristabilita di colpo. Allora, facciamo due passi? Facciamo due passi. Davanti alla vetrina della gioielleria, ci troviamo là per caso. La maschera cinese, con due smeraldi in mostra negli occhi, e i miei, tristi, riflessi nel vetro – Roma: pensiero confortante. Tornerò, la rivedrò, come tutto il resto, senza soffrire. E invece, quando meno te lo aspetti, proprio ieri doveva capitare, proprio ieri a via dei Mille, mentre passeggiavo con quello: Carla, sempre elegante, bellissima, senza vedermi, è passata. Addio – e poi, stanotte il sogno... Belle gambe, dice l'altro voltandosi. Rigurgito di debolezze, apriamogli il cuore: Quella, la vedi quella? Viviamo in una città che ti ferisce a morte o t'addormenta, o tutt'e due le cose insieme. «Ma che c'entra quella?» Racconta, racconta di più, incita l'occhio... E recito tutta la storia, ma deformata, modificata, accesa nei particolari, confusa con quella di Flora, mentre nell'occhio dell'altro sale la considerazione, come mercurio in un termometro – recito davanti alla platea, nel nero, là, della sua pupilla... lo stesso occhio nel sogno. Facile analisi: il disgusto di essersi aperto così con un estraneo. Cose che capitano qua. Tutta la vita proteggi un segreto, poi, il primo che passa diventa un recipiente di confidenze intime. Salutato di scatto, mentre stava ancora parlando con l'occhio complice eccitato. Non lo rivedrò più: pensiero confortante. La scia lasciata dalla mia storia nella sua mente, tutto quello che ne resta. E così sia...

«Nessuno ci voleva credere, quando l'ho raccontato, che Ninì a mezzanotte ti portava nelle grotte del palazzo, tutt'e due in camicia, con una candela accesa, due pazzi, quello a farti questi scherzi, e tu più pazza di lui ad avventurarti in camicia nelle grotte, una donna della tua età, coi pescatori che cominciavano veramente a vedere lo spirito della regina Giovanna. Quando passavano con la barca davanti al palazzo e vedevano nelle grotte un'ombra bianca con una candela in mano, che potevano pensare?»

Assuntina ride e stride mentre protesta, e mamma prosegue:

«Perfino i denti d'oro ti sei fatta togliere di bocca. Credi a tutto. "Ninì mi ha promesso che me li fa rimettere bianchi, le dentiere d'oro non si portano più!" Hai capito? E Ninì, ci voleva l'indovino, i denti se li era venduti, se n'era andato al cinema. Ai denti ci ha dovuto pensare mio marito. Non poteva mangiare neppure un po' di carne. Tutti quei brodini purè e porcherie che si scoprivano in cucina, certe pappe da vomitare, e dimagrita che non la si riconosceva. Farsi prendere in giro, imbrogliare da un ragazzino di tredici anni, quanti ne aveva allora? Lo so che l'hai visto nascere, che gli vuoi bene, lo so, ma allora lo conosci, non ti meravigliare se non ti restituisce le mille lire. È da stamattina che dura questa storia...»

Squittisce, pigola e pètula, poi arriva la risposta.

Sempre intorno alle cose che vuoi sfuggire. I sogni il caso o gli altri ti ci riportano. Cocò Cutolo, incontrato a piazza dei Martiri stamattina, riprende l'argomento. Vien fuori il suo nome. Prudente indifferenza. È andata qua, là, il marito, scenate, il nome di Guidino Cacciapuoti. Ma non è partito per il Venezuela? No, ma pare che, altri pettegolezzi, pare che lui e Carla si vedano di nascosto. E poi: Ti piace? – esibisce un Dupont d'oro, comprato nella sua ultima gita a Parigi: vita notturna alla Nouvelle Eve, Carrousel, al polso un Vacheron Constantin, me lo cederebbe per trecentocinquantamila, così arriverei puntuale in ufficio – e si distrae dietro una che passa: Mi hanno detto che si punge... non sai ancora che significa quando uno si punge? Sorride. E come fai ad andare a Roma? Ti verrò a trovare quando ci sta la partita col Napoli e il Concorso Ippico.

In fondo Gaetano aveva ragione. – Che cosa ancora ti trattiene? Avrebbe riso se gli avessi risposto: Ritrovare uno solo di quei giorni. Ma quali giorni? Sono esistiti? La laurea ormai l'hai presa, avrebbe detto, e papà e mammà sono serviti. Un altro laureato in legge contribuirà alla conservazione della Foresta Vergine, a rendere più oscillante il gruppo degli oscillanti problemi, a diffondere la cortina fumogena di parole e atteggiamenti. Dovevi partire a settembre, scriveva, appena finita l'estate. È passato un anno se non sbaglio, e tu, o mi sbaglio?, ora stai a letto a pensare con disgusto alle stesse cose impossibili e astratte. Alzarsi tardi al mattino è un'astuzia, tu dici, abbrevia la giornata. E allora perché non abbreviare la vita?

Per tutto l'inverno così, sullo stesso tono. Lui dalla sua scrivania milanese, lambita dalla fresca stimolante corrente della Storia, e io dalla mia stanza, nell'intrico della Foresta Vergine, nella ruota delle stagioni, sbattuto qua e là in un caffè in compagnia di un accidioso ucciso di noia, o tra le pagine di un libro, a caso.

«Roma è a due ore da Napoli, le ho detto poco fa, per consolarla. Mamma si commuove facilmente. E Ninì ridendo: Va a Roma, non va in Australia!»

«E se invece andassi proprio in Australia?»

Così, per dire una frase, ma Ninì ha colto a volo l'occasione per la parodia, con canzone dell'emigrante e tutto il repertorio poco serio.

Il sonno della ragione. Il cervello, un re detronizzato nella rocca della testa. L'insonnia del ventre. Nella penombra della stanza, anche il tuo corpo, estraneo. Prima esibito sulle spiagge, poi mette pancia. La mente prigioniera dell'apparato digerente. Bastava sapersi controllare a tavola, fermarsi in tempo. Bastava un dito di vino in meno. Neppure in questo è possibile indirizzare il corso delle cose? La Foresta Vergine fin dentro le budella.

«Immagina di voler costruire una casa, una strada, oppure dissodare un terreno per coltivarlo. Immagina di voler fare tutto questo nella Foresta Vergine. Un'idea un po' folle, lo ammetto, ma che cosa presuppone? Una fede incrollabile nell'intelligenza umana, l'incessante impegno di tutte le tue forze spirituali, e se capisci di che sto parlando: la partecipazione alla grande vita del mondo.»

Bar Moccia? No, al giornale, la mattina che andai a trovare Gaetano al giornale, proprio quella mattina al giornale.

«È necessario che tu trovi dei compagni, molti, che sappiate organizzarvi. Soprattutto è necessario che la vostra volontà, che la volontà di ciascuno di voi, sia forte quanto quella dell'intera Foresta Vergine. E costante, caparbia come quella. Giorno per giorno i tuoi nervi debbono essere più tenaci delle radici, più resistenti. Non puoi cedere neppure per un momento, neppure nelle piccolissime trascurabili cose.»

La luce lacustre dal cortile stretto, viscido come un pozzo, si depositava sulle scrivanie accatastate nello stanzone, sulla vetrata affumicata e sconnessa che divideva il locale dal corridoio. E la voce risentita di Gaetano:

«Basta una distrazione, un rilassamento della volontà, e la Foresta entra vittoriosa nella casa, copre la strada, invade il campo coltivato, insomma mi hai capito? Voglio dire che domina incontrastata su tutto ciò che l'uomo tenta di costruire razionalmente, rende impossibile la Storia.»

Si sentiva il ticchettio di una macchina da scrivere dalla redazione del giornale, in fondo al corridoio. Lui si voltò verso la finestra, soprappensiero: «Non pare neppure di essere d'estate, qua dentro» disse.

Doveva ringraziare Salvatore Quaglia, redattore capo del giornale esponente ufficiale della Foresta Vergine. Di che si lamentava? Scrivania nell'anticamera-ripostiglio, possibilità di essere utilizzato in casi di emergenza, quali: cronista mancante, correttore di bozze malato, usciere o fattorino in ferie – vedi quante possibilità? Doveva adattarsi a fare il tuttofare per la Foresta Vergine Magnanima e Indulgente. E, ah, sì: promessa di pubbli-

care una volta al mese un articolo pagato diecimila. E poi dicono che i migliori emigrano. Si capisce: utilizzati così...
«Perciò stamattina emigriamocene a mare» gli dissi, «è una bella giornata.»
Guardò l'orologio: Io finisco a mezzogiorno.
Quella sua ostinazione a voler rispettare un orario che nessuno gl'imponeva! Da ridergli in faccia. Ma se loro non rispettavano nemmeno la paga? Perché ostinarsi a fingere di essere un vero impiegato?
«Perché questo provoca scandalo.»
No, non faceva sul serio, non era possibile. A Napoli? E chi, e di che, s'è mai scandalizzato a Napoli? Dove lo metti il gusto della spregiudicatezza? Gli atteggiamenti da profeta disarmato qua non attaccano, si pensa sempre che lo fai per interesse. Poteva solo diventare antipatico ai suoi presunti colleghi. Stesse attento.
«Qui siamo tutti troppo simpatici, è una città di simpaticoni la nostra. Io la gente simpatica non la posso sopportare.»
«Così neppure un articolo al mese ti accettano.»
Non era d'accordo, non era questa la ragione, disse. Mancano di complicità i miei articoli, eccola la ragione. Mancano di quella complicità che pretendono si stabilisca tra ognuno di noi e la città. Rompono la paternalistica unità psicologica che incanaglisce e amalgama le classi in una fluida massa. La strizzatina d'occhio equivoca, quella manca.
E perché non ce la metti? gli disse Salvatore Quaglia irritato.
Non gli riusciva, non poteva. Il napoletano che vive nella psicologia del miracolo, sempre nell'attesa di un fatto straordinario tale da mutare di punto in bianco la sua situazione. L'aspetto ambiguo dell'umanità del napoletano con la sua antitesi di miseria e commedia, di vita e teatro. Le due Napoli, una la montatura e l'altra quella vera. La Napoli bagnata dal mare e quella dove il mare non arriva, il Vesuvio e il contro-Vesuvio. Eccetera eccetera. Noo, non gli riusciva. Passano il tempo a coccolare e calcolare mistificazioni del genere, a venderle al maggiore offerente, a chiedere comprensione e ammirazione come se esigessero un credito, con un'aria imbarazzata e altezzosa. Non gli riusciva. Scontano un destino più forte di loro, pagano anche per gli

altri napoletani la colpa di aver fatto di se stessi una leggenda. Di sfruttare questa leggenda. Di crederci, di nutrirla con la propria vita. Di cercare in essa l'assoluzione da ogni condanna, il riposo della coscienza inquieta, l'enorme straripante indulgenza della Gran Madre Napoli. La Gran Madre? Di' la Gran Gatta piuttosto, che alla fine se li pappa senza nemmeno dargli il tempo di aprire gli occhi sopra il mondo.

Che noia però questa Napoli usata come allegoria morale, come categoria dello spirito! Miti da intellettuale medio. Anche l'idea della Foresta Vergine allora è tipica; e così anche Gaetano, dopotutto, rientra nello schema.

Come gli diceva Salvatore Quaglia? «Ma tu allora vuoi fare la rivoluziooone!» con quel bell'o allargato alla barese, che drammatizza bene la parola sempre apocalittica in bocca al cavalieravvocatocommendatore. Lo imitavo alla perfeziooone.

«Niente rivoluzione» risponde senza ridere della mia caricatura, «qui si richiede solo un supplemento di moralità, quella corrente non basta, perché la Foresta Vergine è come la malafede.» E a insistere: «Immagina che Napoli sia la Foresta...».

L'avevo immaginato, l'avevo immaginato, figuriamoci se non l'avevo immaginato!

«... che uno di noi, in questa Foresta, completamente solo, voglia conservare la sua indipendenza, il suo carattere e insomma il suo io autentico. Voglia conservarlo svilupparlo o modificarlo senza interferenze deformatrici, immune dalla sopraffazione inevitabile e corruttrice dell'ambiente, che sta lì a bocca spalancata, pronto a ingoiarlo. Ammetto anche che questo Giona sia un forte, che non sia nato e cresciuto sotto il segno dell'indulgenza, infatuato dal suo particulare, senza insomma le tare ed i vizi della nostra gente. Ammetto che niente impedisca, ma questa è una supposizione azzardata, che egli un giorno prenda coscienza di se stesso e dell'ambiente in cui vive. A questo punto io affermo che egli sarà ugualmente sopraffatto.»

Allora la cosa era semplicissima: eravamo fregati, punto e basta.

«Ma se te ne vai in un posto dove è possibile stabilire rapporti meno deformati con la realtà, dove ci vuole meno fatica a vivere secondo ragione?»

Era il caso di tirarla fuori: *Fittizia evasione*. Parli sempre di evasione, avrei potuto dirgli, e poi ti lasci tutto dietro e te ne vai. Peccato non averci pensato allora. Sostenere la parte così: La Storia se non c'è, si fa. Si può fare. Anche qua.

Non si può resistere da soli a una Foresta, avrebbe risposto, lo sapevo già. Perdi tutto il tempo, tutte le energie a districartene, ti esaurisci così. Poi non hai la forza per fare nient'altro.

Va bene allora avremmo messo una bella scritta al neon, grandissima, in cima al Vesuvio, così che ognuno potesse leggerla: CHI RESTA SARÀ SOPRAFFATTO. Sintetizzava bene la situazione, no?

Unica mia obiezione: E don Benedetto? Pardon per quel don! So già: Abuso volgare di non concessa familiarità, equivoca strizzatina per assorbire nella terribile unità psicologica anche quel nome. Ricordo tutto? «Tentativo di livellare i valori confondendoli» aggiungeva l'esagerato, il pignolo! Dunque: niente don, che m'era scappato così, che in fondo era una sciocchezza. E invece, no: «Il nostro rifiuto deve cominciare da queste sciocchezze» insisteva, «solo così si resiste alla Foresta Vergine». Uuuuuh! Insomma volevo dire: Benedetto Croce non è rimasto?

Sì, era rimasto, ma lo vedeva come una di quelle solitarie città azteche che un esploratore scopre per caso nel folto della giungla, stravolte dalla vegetazione, e ancora impiedi dopo secoli di resistenza. «La nostra Foresta è punteggiata di città come questa. La sola tradizione che abbiamo nel Sud. Sentinelle che si passano la voce nel buio dei secoli. Ma predomina e rimane solo la Foresta, purtroppo.»

E mi pare di vederlo, certe volte, il mondo, con gli occhi di Gaetano: una palla, le macchie delle terre abitate e una striscia azzurra che tocca paesi e città: New York, Londra, Parigi, Zurigo, Roma, perfino Roma! Ma lì la striscia vira di botto, anzi arretra spaventata, e fila verso Milano. E poi più su, al Nord. Eh, il Nord! Per Vienna Berlino Svezia Norvegia Olanda Copenaghen Russia, fino alla Cina, fino alla Corea, scorre la fresca stimolante grande corrente, gulf-stream della Storia, dando vita alla vita dei fortunati abitanti delle terre che tocca. Lì industrie sesso stipendi pensieri facce viaggi guadagni l'amore di una donna piani quinquennali e personali perfino la guerra, tutto possibile e reale perché tutto toccato avvolto dalla fresca stimolante corrente che dà un senso ad ogni cosa. E noi qua, nel cuore di una vasta area indistinta, zona depressa subitaliana, mai toccata dalla fresca stimolante corrente, con la Foresta Vergine che cresce senza senso insensatamente aviluppando vita e pensieri, tra degenerazioni ed inestricabili contorcimenti. Ma sarà poi mai passata davvero per Napoli la Storia del Mondo, come voleva farci credere Croce?

E allora se è così, mentre sto qua, a che mi serve anche la Storia? gli obiettavo. Risposta di Gaetano: A ristabilire la tua identità, una scala di valori, la possibilità di un giudizio.

Così tutto, quando c'era lui, aveva una targhetta precisa, e non ti pareva più di essere sommerso dalla Foresta Vergine. Tu dicevi: Il Circolo Nautico. E il Circolo non era più soltanto un posto noioso che ti sottoponeva alla logorrea dei soci, al logorio del tempo, no. Il Circolo diventava un osservatorio, e da quell'osservatorio tu potevi spingere lo sguardo sull'odiata classe media, causa ed origine di tutti i mali del Sud, perché a qualsiasi partito appartenga il cavaliereavvocatocommendatore resta, e rimesta sempre nel solito impasto d'imposture – lo diceva pure Salvemini. E dunque il Circolo lo potevi definire: una comunione di ozi, frivolo tirocinio di quel grande ozio sociale cui cooperano fino alla morte tutti gli appartenenti alla cosiddetta classe dirigente. La loro alleanza: un viluppo di boria, di sconcezza, di borbonica ingerenza. La vera classe *digerente* meridionale. Tu dicevi: Vado a pesca col fucile. E questa non era più la maniera migliore di passare una mattina, era un'evasione. Sott'acqua ti dimentichi perfino di esser nato, no? E poi: Il richiamo delle Sirene, la Natura che prepara il terreno alla Foresta Vergine, la Natura che vince la Storia, eccetera eccetera... Qualunque cosa, lui là pronto ad afferrarti per la pelle del collo e ricollocarti alla tua giusta distanza dalla Storia. E per questo quante discussioni tra un caffè e l'altro, al bar Moccia, fino a tardi!

Quel ronzìo. Un moscone tra il vetro e l'imposta chiusa della finestra. Sembra che tutto sia chiaro di là, l'azzurro interminabile, e invece sbatte contro il vetro. Tutto chiaro aperto, e... La porta cigola, appena schiusa, appena per lasciar passare, leggero sul letto, guardingo, Mississippì. Bello caldo, le zampe ripiegate, una palla di pelo gonfia, sistemato sul mio petto senza complimenti, e trrrtrrrtrrr... a tutto vapore, ogni tanto con le orecchie tese e l'occhio tondo se il moscone insiste...

«Pensa che quando si sposò tua zia...» la nonna ancora con Ninì nel salotto a chiacchierare, stancamente recitando la commedia per l'ospite di turno, e il bravo-bravo-bravo dello zio, mentre babbo nella sua stanza avvolge la testa nel cuscino allontanando i guai, i pensieri, i suoi milioni giocati e perduti da Pippotto Alvini, e mamma con Assuntina, i preparativi, il caffè, le mie camicie, e correre dalla stiratrice, il vestito smacchiato: Devi partire come un re, tutto a posto...

... Come farai senza di me, nessuno che ti cura, già immagino, le camicie sporche, trasandato, ti conosco, i capelli sul collo, e promettimi che sabato verrai, ogni fine settimana, giuramelo, io ti conosco, le prime volte tutti i sabati, poi ogni mese, e poi al massimo a Natale e a Pasqua. Non potevi restare qua, trovarlo qua un posto? Tutta colpa di quel Gaetano che ha continuato a scriverti, a istigarti, e anche colpa di tuo padre che non ha pensato... «Ma va a Roma, non va in Australia!»

«... vendette una delle ultime proprietà» sta dicendo zio Umberto, «per comprare le scarpe di tua madre, non so quante paia di scarpe, che naturalmente passarono di moda prima che potesse mettersele tutte. S'affacciava al balcone, Assuntina se lo ricorda, ne parlano ancora in Calabria al suo paese, e cominciava a offrire un fondo come se stesse all'asta, per pochi soldi, purché contanti. Il liquido le è sempre piaciuto...»

Mississippì col suo trrrtrrrtrrr... per tutto l'inverno, vivo ronfante scaldino di pelo sulle mie ginocchia – e fuori quel mare verdiccio, sotto il palazzo fango stravolto, rintronante dentro le grotte – con le orecchie tese se l'onda scagliata in alto dall'urto contro gli scogli copriva il vetro della finestra e l'ombra enorme cadeva per un istante tra le pagine del libro. Così ho letto tutto Dostoevskij.

La vita del signorino, solco dorato, il Circolo e il weekend a Capri o a Positano, così crede lui, così scriveva nelle sue lettere: Se non questo, che cosa ti trattiene allora?

Parlargli di una giornata lunghissima tutta davanti a te, l'insofferenza della casa e la certezza che non c'è niente a Napoli, con la migliore buona volontà, niente da fare per uno come te. Dunque non c'è niente che ti trattiene. Ma – queste cose lui non le ha conosciute, come poteva capire? – accade che a poco a poco perdi il conto del tempo, e tutto diventa remoto visto da Palazzo Medina. Gaetano è partito a luglio o a giugno? In che mese stiamo? Arrivano certe mattine come un pezzo d'estate nel cuore dell'inverno, quando ti svegli e vedi il Vesuvio col cocuzzolo bianco, misterioso elegante lontano, quasi sognato, come nelle stampe di Hokusai il Fujiyama, e il mare celeste col riflesso di una vela lontanissima che attraversa tutto il golfo per venire a morire sotto gli scogli del palazzo. E poi di nuovo ogni giorno un autobus ti scaraventa di corsa in quelle tre o quattro strade obbligate, nere di pioggia. Ci vai come per un appuntamento, invece nessuno ti aspetta, i ragazzi che una volta comparivano da Middleton sono caduti in letargo, dispersi, molti sono partiti, Glauco in Venezuela, e Cocò sta a Parigi, Rossomalpelo alla facoltà di architettura: fantasmi dell'estate. Solo come un cane finisci per caso davanti alla solita vetrina, e dentro ti sale la solita speranza risorgente di vederla, la solita delusione, e ti arrabbi, ti penti di avere sperato, in che cosa poi? di risalire la vita? di riparare il guasto? Al bar Moccia ci sarà qualcuno disposto a parlare di Pavese? Figurati chi pensa a Pavese, Pavese si è suicidato. A quest'ora, da Moccia, solo le vecchie golose che scelgono con cura le paste. Le chiamano coi dolci nomi affettuosi: scazzetta di cardinale, cassatina, sciù, preziosa, dora, cannolo e sfogliatella. E ne mangiano in piedi, compunte, almeno tre. Alle cinque è buio e nella saletta interna si dà convegno l'intellighenzia. Dalle cinque alle sette misura il tempo con le tazze di caffè. Prosopopea partenopea, noia e paranoia. I risentimenti culturali li mantengono vivi. Gialli, itterici, pori neri sul naso, caratteristiche somatiche levantine e mongole, indice e denti nicotinizzatissimi. Vissuti sempre lontani dal mare. Occhi febbrili alludono dietro spirali di fumo, sottaciute paroline sottaceto, questioni personali di vita o di morte inquadrate nella questione meridionale, megalomania di persecuzione. Narratori di aneddoti e complici del genius loci, senza mai dimenticare, mi raccomando, l'umanità del napoletano. Anche per loro sono *il signorino*, entrando ho sentito che uno ce l'ha coi miei pullover.

«Non sai chi è il signorino? Gialli bianchi azzurri, uno al giorno ne cambia, non puoi sbagliare, tutti colori così.»
«Niente insinuazioni, atteniamoci all'odio di classe.»
«Sentimento superato.»
«Levami pure la *distrazione* di odiarlo, che mi rimane, solo le scarpe rotte?»
Così sono sistemato. E le avesse almeno avute rotte le scarpe. Sono io invece ad averle rotte, un bel buco nascosto – fare attenzione alla gamba accavallata. Senza una lira, i pullover ormai ridotti a due o tre, avanzi del tempo passato, anche i colori sbiaditi, i soldi delle sigarette infilati in tasca da mammà, lui da Milano che mi fa la lezione per il mio bene... bell'inverno ho passato. Solco dorato, scrive. Magari! Dorato in ogni caso no, dal giorno in cui Pippotto Alvini, socio e cliente di papà, e insieme a lui, quella mattina al Circolo, sbattuti a terra gli affari paterni, con la storia dei milioni non versati che salta fuori all'improvviso – babbo non ci poteva pensare: Tu hai capito? si stava giocando i nostri soldi! – sbattuti a terra e mai più risollevati. Poi vai a dirgli: Caro papà, voglio partire per Milano per andare incontro alla Storia. Che cosa mi trattiene? È così semplice! Per fortuna adesso Roma: pensiero confortante.

Il mot-bot-mot-bot che s'avvicina sul mare, motore di una motobarca, Passeggiata Panoramica, e Vita d'a' vita miiia, a tutto volume, non so che gusto ci provano, in una barca tutti vestiti, con questo caldo come in un autobus, e la radio che strepita, Aggio perduto 'a pace e 'o suonno! S'allontana col suo mot-bot verso Capo Posillipo...

T'aspetto in barca? Non vengo, gli ho detto. E quei colpi di maglio annunciavano l'estate anche stamattina, nel dormiveglia m'era parso come una volta, la stessa gioia con l'odore della prima maglietta di cotone indossata, pantaloni di tela azzurra sbiadita dell'anno precedente freschi sulla coscia, e più leggero il corpo, liberi i movimenti, il primo scatto nell'acqua gelata del primo bagno, il silenzio sulle spiagge, il grido di un pescatore che s'allarga nel cielo. Ora solo quel mot-bot, mare barche spiagge affollate, e carte sporche preservativi una striscia nera di catrame intorno agli scogli, sott'acqua un deserto, ogni forma di vita e avventura distrutta, nemmeno un saragotto degno di una sommozzata – no, non vengo, non vengo, gli ho detto.

Sul letto a pensare al sogno, ancora una volta e sempre lo stesso, insistente, agli anni, quanti anni? bruciati in una sola notte per gioco, il gioco di Carla: Adesso celebriamo il 1950! Luci spente si riaccendono nel cinquantuno – come pareva lontano il cinquantuno! Si spengono e si riaccendono più volte nell'anno successivo, e cinque ne sono passati da quella notte dietro la barca, l'oro dei capelli e le stelle, pareva tutto chiaro di là, sopra un mattino interminabile, tutto chiaro, e invece... la corsa della corriera presa a volo di nascosto ancora come un gioco, le curve col mare sotto, voragini, se precipitassimo noi pure, cominciò così, dritti nel mare di metallo, le montagne amalfitane s'aprivano e chiudevano ad ogni curva come ventagli, ci cadevano addosso, e non era più un gioco, perché già sentivo dentro, no, cominciò così, come un gran freddo, che hai? sei tutto bianco, acquattata là nella schiena quella cosa diaccia e poi a Napoli giusto in tempo per ritrovarla, la Cosa Temuta finora acquattata, che mi aspettava. Uno direbbe, a quale ragazzo un po' nervoso non può capitare la prima volta per troppo amore... Quel tremito, morte che non potevo controllare, è niente non ci badare, non rassomigliava all'amore, e allora perché per troppo amore ti puoi stranire a tutto per sempre? Il mare scivolava tra gli scogli sotto casa, ed era ancora lo stesso rumore lo stesso mare tra gli scogli di Villa Peirce, gli scogli segnati. Nereggiavano caldi nel sole, e Flora chiuse gli occhi: basta! diceva basta con gli occhi chiusi, stretti, mentre su lei, deviato, continuava il troppo amore per Carla, finché le salì nella gola ed io lo sentii, con le stesse orecchie di Ninì lo sentii, *il grido*, e le urlai la parola sul viso. – Che idee, diceva, ti saltano in questo cervellino malato, baciandomi poi sulla schiena i rossi segni brucianti delle unghie, guarda che t'ho fatto! volevi uccidermi, sussurrava, perché mi hai chiamata così? per chi mi hai presa, o ti piace? Sottomessa strofinando come un gatto la faccia, i suoi capelli morbidi sulle mie spalle. E io guardavo la luna bianca trasparente come un fantasma, quasi cancellata dal sole vivo di gioia e giovinezza, così spenta e fredda, la guardavo come quella volta in uno spicchio di finestra.

Ed ora immagina, dirgli, che non sia la Foresta Vergine a sopraffarti, a rendere tutto insensato inesistente indecifrabile, non quello che è accaduto tra due ragazzi inesperti, quel giorno, ma quello che ho fatto a me stesso, a quel ragazzo, *dopo*, da quando Guidino: *Sapessi come sono stato carino con lei* – no! – *carino con lei dopo averla* – no! – *le telefonavo ogni giorno, tutto premuroso, pieno di riguardi, di attenzioni*... E che m'importa poi se loro quella mattina da Middleton hanno capito che io ancora, sì, ridicolo, ostinato, incapace di rompere l'incantesimo che ti fa girare sempre intorno alle stesse cose, che ti ritornano sempre incontro come Carla ieri davanti alla gioielleria mentre parlavo con quello sconosciuto. E dirgli che intelligenza e Storia non valgono, se un giorno, a me una stupida troppo forte giovanile emozione, a un altro un colpo ugualmente irrimediabile e forse casuale, ti mettono di fronte ad un fatto compiuto, compiuto una volta per tutte, o meglio, che si compie in ogni attimo della vita riproponendosi in tanti modi diversi, elusivi, ma in sostanza quello, e sempre quello! E addio allora, dal momento che sai, addio al bell'oggi di prima che t'avvolgeva come l'acqua il pesce che nuota, le cose mute per te, mutate per sempre da quel momento, per sempre, e inutile è ostinarsi, mai più, mai più uno di quei giorni di prima, uno solo, ritroverai per caso una mattina. Tieniti quello che ti spetta, ad ognuno il suo, solo il modo è diverso, fanne un mistero se vuoi ma non un dramma, vivi se ti va, e se ti va di lasciarti morire, lasciati morire.

Perciò non si spiega tutto con la Foresta Vergine, dirgli, ma non avrebbe capito, non sono questi i discorsi per lui, e poi, sì, so la risposta: Autodistruzione, avrebbe detto, cioè un piacere squisitamente meridionale, che io non posso permettermi, il mio è un rifiuto storico, cioè razionale, non m'interessa la psicologia, troppo arbitraria, e ci sono i dottori per questo, e comunque non vale la pena di parlarne. O, se vuoi, parliamone così: il complesso del tutto-accaduto-una-volta-per-sempre, tipicamente italiano, umanistico, reazionario, col bello preferito al vero, il sentimento al pensiero. Lascia perdere questa roba...

Grida di finti annegati, sguaiate invocazioni d'aiuto per gioco ripetute, salgono dal mare domenicale nel cielo silenzioso, richiami di barche, e un nome A... nnaaa! A... nnaaa! insistente, straziante.

Il mio nome, Maaàssimo!, la voce lontana di Glauco, quei giorni più brevi di un nome gridato sul mare, Maaàssimo!, ed io ancora nello stesso inesplicabile mare – invade ancora i sogni, ondulante, onnipresente, non potevo uscire, un modo di essere io stesso mare, attraversato dal mare, l'euforia ti prende alla testa come champagne a mezzogiorno da Middleton, bollicine, poi l'azoto, così succede, no, l'anidride carbonica, passa nel sangue, sei avvertito, vecchi arnesi da desperados della Marina Militare, a ossigeno, senti un leggero malditesta e muori senza avere il tempo di, in una specie di euforia, perciò attenzione alla manopola, NON GIRARE LA MANOPOLA! Sotto il penitenziario di Nìsida come una pietra a picco nella spirale dello strapiombo, nel rombo del tempo, imbuto nerazzurro chimico, oltre i quaranta metri verde non più rosso il sangue di un pesce ferito, grigi i coralli, le oloturie, le gorgonie arabescate piume calcaree a quella profondità spettrali tra gli scogli neri, incombenti montagne notturne, e più giù aveva sentito quel, ancora più giù dove la spirale si stringe alle tempie e il rombo al diàpason nell'orecchio scoppiato è uno schianto, Ninì tra gli scogli neri, quel grido, e li aveva visti visti visti nel maledetto mondo che non s'era inabissato con loro! E poi abolito il sopra e il sotto, la mano sulla manopola, *deciditi una buona volta stupido, non lo saprà mai*, sprofondato per sempre nel buio mare... MAAASSIMO!

«Massimo, svegliati! Massimuccio... Massimuccio?...» Tinnula tazza nel vassoio, e la voce di Assuntina:

«Ora un bel caffè, mamma è andata sopra a comprare i biscotti, così domani mattina te li mangi quando ti svegli.»

Già così tardi. Alle diciannove e trenta, il treno...

«... Viene Luigino con la seicento, passate al Circolo a pigliare babbo che vi aspetta... è buono?»

Nessuna voce più di là, dal salotto. Mississippì si stira, sbadiglia, comincia a leccarsi, poi salta a terra e dignitoso scompare dietro la porta. Ciao.

«Che faccio apro l'acqua del bagno? Hai sentito che ha detto? Un bel bagno... così è meglio, ha detto.»

S'avvia. L'acqua nel bagno. Il caffè, leggera nausea al primo sorso.
«Speriamo che lo scaldabagno non fa come l'altra volta. E ora non ti scordare di noi, di Assuntina che t'ha visto nascere. È meglio che t'alzi, così tieni tutto il tempo dopo, meglio le cose fatte con calma – e le camicie, le valigie, e ti raccomando le mutande, e ti raccomando... e poi ti raccomando...»
L'acqua scorre nel bagno, ed anche il tempo scorre, e quando i colori saranno più precisi sul tardi, non più tremula nel sole la marina, tutto fermo nell'ora viola innaffiata dall'ombra vivida, acqua e sabbia a bacio sulla liscia striscia iridata dall'ultima nuvola rosa e sola come un piumino da cipria nell'azzurro, le canzoni dallo stabilimento balneare già assopite
quando le parole pacate di due pescatori saliranno alla finestra nella risonanza dell'aria dalla barca con l'asta sghemba del tridente a prua nera sospesa sul trasparente alone della lampara, e a intervalli i fiochi scoppi nella notte fuochi lontani d'artificio per un santo dalla costa dirimpetto fioriti...
non io più sarò qua.

# VIII

Le chiacchiere, di solito, cominciano in treno, quello di tutti i miei ritorni. È affollato di facce conosciute, mai viste prima e conosciute sempre. Qualche volta capita un amico, per esempio Rossomalpelo, proveniente da Milano. È stato a un convegno di architetti. Dice che gli studenti di architettura sono i più attivi a Napoli. Il resto, con poche eccezioni, o furbi o addormentati – insomma leggono la pagina sportiva del giornale.

Rossomalpelo, chi lo avrebbe mai detto, uno dei ragazzi di Middleton, eppure eccolo là, seduto di fronte a me, più giovane di me, informato di tutto, e capace di indignarsi.

Da quanto tempo stai a Roma? – Tra poco saranno sei anni. Lui dice che proprio intorno al cinquantaquattro, l'anno in cui sono partito io, l'euforia del boom ha raggiunto, con un certo ritardo, anche Napoli e si manifesta nelle forme più schifose. Gli architetti fanno quello che possono, si mangiano il fegato ogni giorno, tutti mobilitati per evitare che una fontana venga trasferita nel posto sbagliato, per salvare una chiesa o un portale dalla distruzione, per far rispettare il piano regolatore, la legge, ma come si fa? Volti le spalle e già è nato un palazzo bruttissimo che opprime una strada, rovina il paesaggio, ti distrai un momento e altri dieci piani abusivi si aggiungono al grattacielo, insomma ti pare di stare nella giungla, le case nascono come la vegetazione tropicale a caso e senza una idea, e presto Napoli ne sarà sommersa.

Gaetano, lo conoscevi? usava pure lui il paragone con la Foresta Vergine, è sempre calzante, pare. Che ne è di Gaetano? mi domanda. Perduto di vista, sposato, figli, calmato insomma. Scrive sui giornali di Milano, li leggi gli articoli che scrive? Da quando è diventato redattore capo, però, scrive meno. E a Roma com'è la situazione dove tu lavori? Giovani funzionari di partito all'arrembaggio dei posti più pagati, i loro ideali coincidono sempre con l'interesse o con un fine secondario, sognatori di modeste felicità, sempre prudentissimi, mai una volta che si compromettono con una frase azzardata, tattici e pratici, corrono sempre in soccorso del vincitore, insomma tutte cose che si sanno, meglio parlare d'altro: dimmi piuttosto, Mauro come sta? Sposato, con due bambini, impiegato dal padre di sua moglie. Chi è? Non la conosci, una ragazza simpatica, il vero marito è lei, lui ingrassato, va perfino la domenica a spasso. E Guidino Cacciapuoti? Gioca alla Rari Nantes ogni sera, ha fatto la comparsa in un film, c'era la Ekberg, non so altro. Sasà, gli dico io, l'ho visto quest'inverno a Roma. D'estate l'incontro spesso a Capri, Ischia, Positano, quando vengo per le vacanze. E poi, è naturale, si parla di Ninì. Una società come quella napoletana, dice Rossomalpelo, produce spontaneamente i tipi come tuo fratello. Servono a fare apparire divertente una vita che in realtà è noiosa, rappresentano per pochi anni un miraggio di felicità. Tuo fratello però è simpatico, più intelligente, è meglio degli altri.

Rossomalpelo moralista, chi lo avrebbe mai detto!

Ma a poco a poco viene fuori il linguaggio di Middleton: secondo lui Ninì è meglio di Sasà quand'era in auge, uno stile più asciutto, sfonda in ogni ambiente, anche i più difficili. Glauco è tornato un anno fa: ma come, non l'hai visto? È diventato più complicato, più raffinato si può dire, nella sua idiozia. In che senso? Con quei pochi soldi del Venezuela, s'è comprato un motoscafo, uno di quelli che in cinque minuti fanno il giro di Capri, un'occasione, due milioni. Non teneva più nemmeno una lira per la benzina e gli pareva di avere risolto tutto. Un giorno Rosalba Serino di Castelforte, figurati, il genere che avrebbe sempre desiderato avvicinare, gli fa chiedere da Ninì, se per favore può portarla a Sorrento perché ha urgenza, deve andare a prelevare un'amica e ha perduto il vaporetto – te lo immagini Glauco? Non gli è parso vero, tutto semplice col motoscafo... E pensa poi com'è rimasto quando al ritorno s'è visto *pagare* con diecimila lire!

Tra una chiacchiera e l'altra, scoppia all'improvviso nello schermo panoramico del finestrino, in technicolor, il paesaggio con Nìsida e Capo Miseno. Il breve stacco nero dell'ultima galleria, poi mio padre e mia madre, come sempre ad aspettarmi alla stazione, sorridenti.

La spigola, bollita, con maionese, fa bella figura intera nel piatto. Oggi Assuntina s'è fatta onore, non ti puoi lamentare dell'accoglienza. A Roma te la sogni una spigola come questa, stamattina era viva, nuotava nell'acqua, tra gli scogli. È stata proprio un'occasione, e tuo padre non se l'è fatta scappare. L'hai visto il sottopassaggio a piazza San Ferdinando? Gli affari come vuoi che vadano, né bene né male, questa è una città dove tutto è precario, e poi non arriva mai l'affare grosso quello così grosso che ti risolve la vita una volta per tutte. Per lo meno non a me e perciò mi sfogo a giocare al Circolo. Hai a che fare con gente di ogni provenienza, commercianti improvvisati, senza parola e senza onore, tutti con l'adorazione del furbo e tutti con la paura di passare per fessi. Devi fare una passeggiata a via Orazio e a via Petrarca, panoramica e bellissima, chi teneva terreni là sopra, ora che è diventata zona edificabile, miliardi! Napoli è proprietà privata di appaltatori, esportatori e armatori, Lauro ha insegnato, ma oggi gli allievi hanno superato il maestro. Loro fanno gli affari, ottengono tutti i permessi, e noi le briciole. Nel palazzo stanno costruendo. L'ingegner Cutella ha ricavato dall'ala che dà sulla banchina tanti piccoli appartamenti nuovi, di poche stanze. Da fuori non si vede niente, per ora Palazzo Medina sembra lo stesso. Ma dentro ci stanno questi piccoli appartamenti moderni, roba svedese, che fa un contrasto curioso con lo stile barocco. Richiestissimi, però, nonostante l'affitto alto, hanno scoperto che vivere in un monumento nazionale è una cosa chic. Il salone centrale che una volta era il teatro di corte del viceré, quello coi tre archi sul mare, da dove tu facevi i tuffi, se l'è comprato questo ingegnere. Un affare: un salone lungo sessanta metri, largo una trentina e alto più di venti metri, con quel bel soffitto a volta, insomma enorme, comprato per poco più di un milione. Come fai a ricavare un appartamento da un salone così, e come fai a riscaldarlo, poi? L'ingegnere ha pensato a tante pareti divisorie messe proprio nel centro di questo salone, che limitano le stanze, sai, solo le pareti, senza il soffitto, come le quinte a teatro, anche questa, roba svedese. Per il riscaldamento una semplice stufa elettrica, perché lui copre la stanza che momentaneamente occupa, con una tenda di cellophane, e la tenda trattiene il calore della stufetta. Originale, però che peccato, quel bel salone ridotto come uno studio della televisione. Hai visto il nostro apparecchio? Ti pare una buona marca? La sera, tuo padre al Circolo, e io a guardare la televisione. Mississippì è morto. Ha mangiato una lucertola viva, ha vomitato l'anima sua per una settimana, e che ti credi? Ora-abbiamo-un-altro-gatto. Io odio i gatti, non lo vogliono capire, mi fanno venire il raffreddore allergico, l'ho sempre detto. Quelli rossi, poi... Ma *loro* non possono fare a meno del gatto. Ninì a Capri naturalmente. Dice che senza trovate Capri è morta, e chi ha una trovata là viene considerato un dio, fa pubblicità all'isola e incrementa il turismo. Devi andare assolutamente a vedere il sottopassaggio a piazza San Ferdinando. La fontana che Lauro ha regalato ai napoletani? Un carciofo, e intorno per contorno le gabbie coi pappagalli. Io i pappagalli li trovo cafoni. Meno male che poi li hanno tolti, così è rimasto solo il carciofo in mezzo alla piazza. Due sere fa per un pelo babbo non ha vinto il torneo di ramino al Circolo, una Millecento per premio, che peccato! Per un pelo: Uno aspetta tutta la vita un tre di fiori e poi quando ti arriva non ti serve. La prossima settimana comincia il torneo di scopone. Ninì è partito con un bellissimo pullover mastice, regalato da Gennarino Apicella che è stato a Londra per un affare di pomodori. Veramente Apicella glielo aveva offerto per un prezzo da amico, ma Ninì gli ha detto: Tu sei molto più amico mio di quanto non pensi, e s'è tenuto il pullover senza pagarlo. Sempre molto spiritoso, se lo può permettere, li fa divertire. E poi non so certe cose come gli vengono in mente! Per esempio: l'avvocato Lo Sardo e il conte Pallotta non si salutano, è cosa vecchia. Ninì è andato da Lo Sardo e gli ha detto che Pallotta va in giro parlando tanto bene di lui. Lo Sardo meravigliatissimo, appena è arrivato Pallotta al Circolo, un bel sorriso. Pallotta come al solito ha finto di non vederlo, poi s'è pentito, insomma ha abbozzato un saluto piuttosto borioso, sai come fa lui, ma Lo Sardo arrabbiatissimo s'aspettava un saluto diverso. Anche Pallotta non si spiega il comportamento cordiale di Lo Sardo. Insomma Ninì ha messo quei due nella condizione di domandarsi: ma che sta succedendo?... e tutti i soci del Circolo, avvertiti, a ridere come pazzi. Io lo trovo molto spiritoso, tu no? Devi vedere anche la Mostra d'Oltremare con le fontane luminose, sfumature bellissime, *mauve*, *fraise*, *beige*, ti dico un colpo d'occhio!... Un'altra idea di Lauro. Dite quello che volete, Napoli l'ha abbastanza ripulita, se vai al centro hai il senso che qualche cosa è stata fatta, e poi adesso il grattacielo di non so quanti piani, come a New York... In una riunione alla redazione del Roma ha detto, pare, che il vecchio stemma della sua flotta non ha niente a che vedere col nodo Savoia, ci ha tenuto a dirlo, è un semplice nodo alla marinara, e l'altra sera al Circolo Italia il duca di Carignano a uno che gli chiedeva se la sua famiglia è quella imparentata coi Savoia, ha risposto: Loro così vanno dicendo. Devi andare assolutamente a vedere il sottopassaggio, e se vai a Capri devi prendere l'aliscafo, lo pigli a Mergellina e in mezz'ora stai nella piazzetta. Quando vedi Ninì, ti raccomando, portalo a casa. È la terza volta che gli mandiamo a dire di tornarsene, senza soldi non si capisce come fa a rimanere tanto tempo là. Ha risposto che non poteva venire perché era una bella giornata. Come se una bella giornata fosse un impegno! Il Circolo adesso non lo riconoscerai più, trasformato tutto. Un palazzo che copre l'area dove prima c'erano le due terrazze il tennis e gli spogliatoi. Saloni enormi, una piscina di cinquanta metri e perfino un porto tutto suo. Forse faranno il tennis sul tetto. La gente è sempre la stessa, anzi, se è possibile, sono peggiorati, che vuoi, oggi a Napoli quando fanno i soldi diventano lazzaroni, non li sanno *portare* i soldi, diventano volgari ed impossibili. Del resto lo vedi: mai che ti capita di incontrare una vera signora in filobus! Dove sei stato stamattina con la barca?

Il solito giro, costa costa, fino a Villa Roseberry. Sembra ringiovanito Palazzo Medina, visto dalla barca, sull'azzurro fresco del cielo. Nemmeno un palazzo pare più: è una roccia di tufo, forata al centro da tre file di archi, sensibile ai fermenti delle stagioni. Per esempio quei cespugli di fiori gialli come saranno capitati su quel cornicione? Ha resistito trecent'anni alla furia del mare, chissà se resisterà al lavorio speculativo-edilizio dell'ingegner Cutella. Per ora l'ingegnere opera nascosto, dall'interno, come il verme nella mela, che fuori sembra quella di prima e dentro è guasta. Qualche segno però si nota, anche dall'esterno: un muretto di sostegno, una ringhierina stonata, un balconcino abusivo. Segni ancora discreti, fin troppo anzi in una città dove insomma il vandalo non teme scandalo. I pochi scogli appena affioranti dall'acqua, davanti al palazzo, adesso sono stati rinforzati, è sorta così una solida scogliera di protezione, un baluardo. Questo rovina un po' l'effetto. Prima il mare lambiva le mura di tufo, si ingolfava e sfogava nelle grotte sotto le fondamenta, ora invece il palazzo non sembra più sorgere dall'acqua. Un pezzo della banchina se lo portò via una mareggiata, un bel pezzo, e le travi di ferro del pontile sono ancora contorte, divelte, rosse di ruggine che si sfalda a scaglie. Dalla terrazza nelle giornate d'acqua chiara, vedevo il fondo come una carta geografica, le *chiane* e gli scogli, sotto, erano isole o continenti. Ora qualche isola è scomparsa, la carta geografica che avevo stampata in testa è mutata. Succede sempre così quando mettono una scogliera, il fondo s'insabbia.

Posillipo non è più verde, case da ogni parte. Alle spalle del palazzo, in alto, una lunga fila di costruzioni tutte uguali che si contendono la vista del mare, spacca a mezza costa la collina. Nuove case per nuovi ricchi. Chi ha fatto i soldi pretende di essere edificato dalla sua porzione di panorama, si rivolge dunque all'impresa e l'impresa edifica. Un colpo qua uno là: lo stanno riducendo male questo famoso panorama.

Le ville sul mare per fortuna sono rimaste intatte. Sì, si nota una intensificazione di stabilimenti balneari che diramano propaggini di palafitte su ogni scogliera e spiaggia, dovunque è possibile, ma questo si verifica solo d'estate. Palazzo Medina, per esempio, è stretto da due stabilimenti in costante espansione a destra e a sinistra, e la scogliera viene utilizzata da nuove generazioni di palafitticoli. Villa Martinelli è scomparsa, rasa al suolo dal piccone. Sorgeva bianca sopra la spiaggia, assurda come una torta nuziale capitata per caso lì. Il piccone ha stabilito che lo stile liberty della villa non si confaceva al mare, e dunque allo stesso posto ora sorge un finto-Capri più confacente. Villa Peirce sempre abbandonata e silenziosa non custodisce più segreti. Il porticciolo dietro gli scogli neri, dove una volta correvano i cefali nell'acqua bassa, è quasi del tutto insabbiato. Le case nella piccola rada di Villa Marino ancora mandano sullo specchio del mare lunghi riflessi di vele, ma non sembrano più cercare riparo sotto la verde ascella del promontorio. Sono aumentate di numero e c'è un piccolo villaggio al posto dei tre o quattro dadi bianchi sperduti sull'arco della spiaggia. Dalla strada arrivano le macchine, e al cantiere gli autocarri vanno a caricare i motoscafi. La punta di Capo Posillipo, lì, vicina, non è più il punto mitico di riferimento, Pausilypon, una-tregua-al-dolore, verde Testa di Coccodrillo dormente affiorante sul mare, col trattino nero del molo puntato su Capri a chiudere il cerchio perfetto del golfo...

Ma il cielo? Il cielo, intatto, inalterabile, è sempre una gioia immensa, lontana, struggente, che ti sovrasta e che non puoi condividere.

Insomma l'hai visto il sottopassaggio?

Ci sono sottopassato due volte. Sono sbucato tra piazza San Ferdinando e piazza Plebiscito, poi in quelle tre o quattro vie di rappresentanza, col San Carlo la Galleria eccetera come i mobili nel salotto buono delle famiglie decadute: nelle altre stanze meglio non gettare lo sguardo altrimenti dicono che denigri il buon nome. Ma qui un po' di belletto e il buon nome è salvo, restaurato con poca spesa e qualche brutto neo il volto borbonico dei bei tempi. Bei tempi per chi? Nostalgie non mie, ancora troppo giovane, non capisco la poesia di queste cose, ci vuol altro per impressionarli i giovani d'oggi!

E il grattacielo col ristorante all'ultimo piano?

L'ho visto, l'ho visto, come si fa a non vederlo? Eh, è finita l'epoca del cavalieravvocatocommendatore che come niente ti faceva aprire un bar! Ora è arrivato il mascalzone con la Rolls Royce sotto il palazzo e lo yacht a Santa Lucia, è l'epoca dell'appaltesportarmatore. E c'è il grattacielo alto sulla marea edilizia a testimoniare, se ne dubiti, i gusti e la rapida ascesa dal basso verso l'alto del nuovo arrivato. La storia, la stessa storia meschina, continua. Baroni re e viceré – e ora questi altri, seduti al ristorante, si sentono sotto il culo un sufficiente numero di piani arbitrariamente costruiti: ciò li rassicura, la storia non muta, e stimola l'appetito.

Prima emigri e poi denigri – la solita tiritera: Ti pare bello, ingrato, denigrare così il buon nome? Ma il buon nome di chi? E finisce col solito diversivo: sovversivo.

E va bene! Sovversivo, dolcemente avverso all'azzurro che avvolge tenero le case, cammino disincantato per le strade della città materna, come vipera nel seno che l'accolse, invenuto da freddo amore, riscaldandomi al suo tepore.

E una domenica al caffè – no, non da Middleton, ora Middleton è scomparso, e lì, al suo posto c'è un autosalone – chi vedo a Mergellina un pomeriggio aspettando l'aliscafo per Capri?

Ricostruiamo prima la scena, con gli chalet civettuoli e i ristoranti parcheggiati sui marciapiedi, tra poco scintillanti di luci al neon, già in attesa dei napoletani decisi ad associare l'idea del divertimento a quella della zuppa di pesce o del gelato di crema e fragole. Sedie comodissime, estrose, di vimini, a forma di corolla o di conchiglia, e ad altalena. E poi le tende gialle rosse azzurre, disposte come cabine lungo il marciapiede. Dentro questi separé, nel gaio sfondo dei colori, le solite preoccupate coppie di coniugi con prole, di fidanzati senza parole, di uomini senza donne, di fronte ai passanti a recitare la modesta celebrazione domenicale, nell'insolita cornice imposta dai mercanti di panorama.

E sotto una di queste tende, dicevo, chi vedo sdraiato come il proprietario di una barca a Cannes di ritorno da una crociera, col cameriere che gli porta bibite ghiacciate, e apparentemente soddisfatto che nessun richiamo d'avventura turbi più la sua pace? Glauco, reduce dal Venezuela!

Riconosco da lontano i tratti piccoli, decisi e precisi nella faccia taurina, ma le guance ora sono marcate da due rughe come tagli, che partono dallo zigomo. Identico, se non per questi segni, e:

«A capelli andiamo male, diciamo che sei calvo, tanto ormai...»

Ride con un po' di dispiacere nell'occhio, già guardingo.

«Spara, spara! Continua a sparare sulla Croce Rossa! Ma tu pure, però...»
«Come stai?»
«A te lo posso dire, la sai la storia dello scarafone? Piove inchiostro. E quello: Che me ne importa, tanto mai più nero di come sono posso diventare.»
«Quando sei arrivato?»
«Da un annetto. Tu hai visto qua che sta succedendo? Mi pare di stare sempre in Venezuela.» Con un gesto del braccio accenna alle tende agli chalet alle case in costruzione alle scritte al neon: «Anzi pare di stare al Luna Park...».
Un autobus passando copre le sue parole, lui lo segue con lo sguardo, lungamente.
«Adesso il servizio lo fanno solo per me, tengono tutti l'automobile. Pure io, che ti credi, ne tenevo una grossa, a Caracas, ma tanto che me ne facevo? La vuoi una granita di caffè? Cameriere! Una granita di caffè al signore... Nemmeno viaggiare ci potevo. Solo i ricchi viaggiano in Venezuela; sì, viaggiano... volano! Treni niente, solo aeroplani. E niente strade, perciò che te ne fai dell'automobile? In città ce ne stanno troppe e non puoi girare, meglio andare a piedi. Fuori invece delle strade ci stanno le *carretere* di terra battuta, e vedessi con le piogge che allegria!»
«Li hai trovati i diamanti?»
«Non sfottere, bebbè. No, non li ho trovati, il Sudamerica è un'illusione caro mio, là per sopravvivere o t'impieghi o vai a cercare l'oro, fare il napoletano non conviene ed è rischioso.»
«Allora hai trovato l'oro?»
«Certo, se no come facevo? Quel tanto che mi bastava per mangiare giorno per giorno. Sabbie aurifere dalle cinque della mattina alle sei della sera, sotto il sole, con un setaccio in mano, a smuovere le braccia come un lustrascarpe, per un pizzico d'oro, così! Valle a risalire le correnti dell'Orinoco, va', va'... Questo paese non fa per me, mi son detto, è troppo pidocchioso, portiamo i fucili a Castro: e me ne sono andato a Cuba. Ora tu t'aspetti i cappelli di paglia, le camicie a fiori, le creole mezze nude che ballano sambe e marimbe, è vero? Invece vestono di lana blu, per entrare in un cinema devi tenere la giacca, io ero l'unico vestito alla Caraibi, che poi sarebbe alla caprese.»

«Ma scusa, il mare dei Caraibi, almeno quello, dev'essere una meraviglia, no?»
«Una chiavica. Acqua verde, un verde fetente. Vai sopra una spiaggia per farti il bagno e ti accorgi che non cammini sulla rena, le spiagge sono fatte di cacate di uccelli, perfino certe isole, tutte una cacata. A Vera Cruz non potevo camminare tant'era il fetore.»
«E l'isola della Tortue, com'è? Rassomiglia alle descrizioni di Salgari?»
«Uh! Uno scoglio nero, triste, pieno di ebrei e meticci, tutti alcolizzati. Non ti dico le donne! Tu t'immagini l'amore facile eh? Be' se tu incontri una creola e appena appena la sfiori con lo sguardo, quella si fa tutta rossa... Rossa? Magari! Chissà di che colore si fa: verde, viola, paonazzo... E tutti senza denti.»
«Come sarebbe?»
«Gente senza denti. Tengono solo quelli laterali, e nemmeno ci pensano a farsi mettere gli incisivi da un dentista. Io tengo una bella dentatura, no? Mai che dicessero: Guarda che bei denti tiene questo straniero! Niente, non ci facevano caso. Li perdono a diciotto anni. A venticinque, le donne, grasse come balene, puzzano, e insomma chi ha mai avuto il coraggio! Eppure ne avevo bisogno. Poi figurati, ci mancava pure la rivoluzione, i barbudos, la Sierra. Per poco Fidel Castro non ci faceva fucilare coi fucili che gli avevamo portato, bella riconoscenza! Così ho deciso, e me ne sono tornato. Ma che ridi a fare?...»
E allora finge di non parlare sul serio, di esagerare apposta per farmi divertire, ride insieme a me, con la delusione – grande – nell'occhio.
«Quando t'ho visto» dice, «parevi Ninì.»
«Perché, ci rassomigliamo?»
«Da vicino sei più vecchio, ma a una certa distanza siete uguali, stesso fisico, stessa maniera di buttare il passo, i piedi a papera.»
«Allora a Capri mi debbo stare attento, non si sa mai.»
«Perché, vai a Capri?»
«Parto tra poco con l'aliscafo.»
«Col mio fuoribordo ci mettevo venti minuti esatti, pensa... Sì, Ninì è molto abile a incunearsi in certi ambienti, ha successo. Ragazzi di battuta pronta, spiritosi, solo questo sanno fare,

ma si ripetono, a lungo andare pure loro cominciano a scocciare. Vedrai, vedrai...»

Si mette a fischiettare, come fosse solo, più niente da dirmi, rimuginando di Ninì, dei ragazzi, chissà, con un ottuso lavorio del cervello che gli incupisce gli occhi. Piccoli azzurri struggenti mi guardano con una tristezza animalesca, quella delle scimmie che, dice, sentono nostalgia della natura umana perduta.

Ho incontrato Sasà, a Capri, sulla piazzetta, dal lato della funicolare.

Appena visto – mi capita sempre così – per un attimo lo rivedo col mio sguardo di una volta. E rivedo me stesso una mattina sopra uno scoglio, col corpo rilassato e tutto il resto in tensione, appiattito come un coccodrillo sulla sponda del fiume, pronto a scattare sulla preda: e Carlottina sdraiata languida alla deriva sopra un materassino di gomma. Assorto, apparentemente, nella contemplazione di una lanuggine bianca che si sfilaccia correndo sul cielo aperto e tranquillo, non perdo di vista il materassino: mai sognata una ragazza così! Poi, da lontano, il motoscafo che apre una candida strada al giovane scintillante, e lo riconosco: Sasà. Poco prima ha fatto sfoggio di bravura, ora ritorna alla carica. A pochissima distanza dagli scogli il motoscafo vira, davanti a cent'occhi – ma solo i miei ricorderanno la labile immagine – Sasà lascia la corda, e la forza d'inerzia lo porta dolcemente affondando dritto sugli sci, nelle braccia di Carlottina Capece-Latrio, che l'accoglie come un dio, ridendo distesa languida sul materassino.

Ecco, adesso l'immagine è svanita, lo chiamo: «... Sasà!».

Si volta a guardarmi, e il mondo sembra improvvisamente invecchiato con lui.

È l'unico dei ragazzi di Middleton che ho incontrato con una certa frequenza da quando sono partito. Ma i nostri incontri fanno un capitolo a parte.

# IX

L'incontro a Positano, per esempio... Quando fu? Estate cinquantasei? Cinquantasette? Erano andati tutti a letto poche ore prima. La notte avevano acceso un falò, e avevano ballato lì sulla spiaggia. Una festa d'altri tempi organizzata con trent'anni di ritardo da Lady Turner, ragazza sui cinquanta arrivata tutt'allegra da Bali. Il suo yacht, tre alberi, stanza da bagno in lapislazzuli, Renoir nel salotto, cuoco francese, aria condizionata, piscina eccetera, stava là, davanti a noi, fermo sul mare perfettamente liscio. Il sole già cominciava a scottare, ma i ciottoli sulla spiaggia trattenevano ancora il fresco della notte.

Ora insolita per Positano, le nove. Lungo il bordo della spiaggia deserta, tra cielo e mare, c'era uno che veniva verso di noi, con lo sguardo fisso a terra. Ogni tanto si fermava a raccogliere qualcosa, si chinava a frugare nella sabbia, delicatamente, con la punta delle dita, e poi riprendeva a camminare, sempre così assorto. Era Sasà – ancora coi costumi di tela a strisce colorate, tela di sedia a sdraio.

«Uè! Sasà!»

Rispose senza l'entusiasmo che m'aspettavo, alzando appena un braccio e senza smettere di cercare. Quando mi fu vicino mi domandò: «Sei stato malato?».

«No, lavoro a Roma.»

Erano tre anni che lavoravo a Roma, tre anni che ero scomparso dalla circolazione, e lui: sei stato malato? e di nuovo s'era messo a cercare nella sabbia.

«Hai perduto qualche cosa?»
«Un brillante di dieci carati. Per caso l'hai trovato tu?»
«No. Tu hai visto Ninì?»
«Come fai a non vederlo? Si mette sempre al centro dello spettacolo.»
Raccolse una pietrina scura quasi sotto i miei piedi, e si sedette accanto a noi. Lo presentai al mio amico: «Questo è Sasà!».
«Corrado Santelli» mi corresse. «... Allora veramente *lavori* a Roma?»
«Non diffondere la voce, sono impiegato.»
«Il vero paradiso dei napoletani è Roma. Vanno per un lavoro e poi trovano un impiego. Ma come fai a resistere senza fare niente? Non ti annoi?»
«Lo vedi. Ogni tanto faccio una corsa da queste parti.»
«Per vivere qua ci vuole allenamento.»
Con un risolino enigmatico soppesava nel palmo della mano le pietrine che aveva raccolto, d'un verde bitume.
«Che roba è?» domandò il mio amico.
«Tormalina.»
«Tormalina?»
«È una pietra non proprio preziosa, diciamo pregiata.»
«E che ne fa?»
«Niente, la raccolgo. È una specie di esercizio: le idee più brillanti mi sono venute così.»
«Raccogliendo tormalina?»
Il mio amico lo guardava – fiorentino, venuto con me per il weekend, ma la sua presenza qui, lui io e Sasà, il modo come lo guardava, mi faceva sentire pure a me fuori posto. Sasà non ci badava. Figurati!
«Distende i nervi. Prima raccoglievo coralli, qua sono piccoli come capocchie di spillo, credo di averli raccolti tutti.»
«Immagino le idee che le saranno venute.»
Sasà sorrise. Aveva capito: il giovanotto voleva sfottere.
«No, non è possibile, *tu* non ti puoi immaginare niente.»
E continuava aggressivo, sorridendo, a guardarlo dritto in faccia. Una ragazza, sola in fondo alla spiaggia. Zazzera bionda e calzoni a gamba, veniva dalla nostra parte.
«Chi è?»

«Una francese.»
«Mai vista tanta gente sulla spiaggia a quest'ora.»
«La conosce pure tuo fratello, voleva farsela lui.»
«A che ora scende a mare Ninì?»
«Verso mezzogiorno. Ha finito i soldi, ti avverto.»
La ragazza rivolta a Sasà, come se noi non ci fossimo: «Hier soir...!» cominciò tutta risentita. Lui la interruppe: «Al tuo paese non si saluta?» e passò alle presentazioni. Obbedì di controvoglia, si accoccolò come un gattino accanto a Sasà, tacque tutt'avvolta nella sua nuvola privata. Lui continuava a parlare con me: «E poi s'è messo al seguito di Tonino Avitabile. Pòrtatelo via, senti a me».
«Perché? Ha fatto qualche fesseria?»
«Noò! Ma se resta è probabile che quest'anno le farà, e poi chi paga?, paga papà.»
«Fais voir...»
Le mostrò le pietrine nel palmo aperto e quella, a tradimento, una botta sulla mano per fargliele cadere. Più rapido, aveva chiuso il pugno.
«Merde!» lei indispettita, e lui a ridere. Poi risero insieme.
«Ci vediamo più tardi» disse Sasà. E alla ragazza: «Su, saluta mes amì!».
Obbedì, sorrise, salutò educatamente, mentre lui, strizzando l'occhio: «Ammaestrata bene, eh?».
Si avviarono in fondo alla spiaggia. La ragazza col collo sotto l'ascella di Sasà, lui cingendole le spalle col braccio e lasciandolo pendere, inerte, sul petto di lei. Camminavano così, allacciati. Poi cominciarono a fare strani passi, a correre ridendo.
«E chi sarebbe *codesto*?» mi domandò il mio amico.
«Un principe delle apparenze.»
«Non fare il napoletano, che significa?»
«Molto fascino e poche lire.»
«Hai visto come la trattava?»
«Prima la baci, poi la schiaffeggi e poi ti presenti. Era il suo sistema con questo tipo di ragazza. A quanto pare lo usa ancora.»
«Finché può, finché può. Quella meritava più cura, con quel collo. Se fosse capitata a me una così...»
«Tu non sei Sasà.»
«Uuuh! Come la fai lunga con questo Sasà.»

«E va bene, allora te la immagini una ragazza che si sveglia a quest'ora per raccogliere pietruzze di tormalina con te? Con te come sarai tra venti anni, all'età che ha ora lui.»

«E quanto tempo ancora durerà questo fenomeno?»

La sera, quando scendemmo dal Miramare alla Buca di Bacco, Sasà non c'era. Era in viaggio verso la Grecia, nello yacht di Lady Turner. La notte prima, ballando sulla spiaggia, quella aveva perduto un brillante di dieci carati, Sasà l'aveva trovato e, raggiunto a nuoto lo yacht, lo aveva restituito alla proprietaria. Lady Turner ne era rimasta incantata: Non separatemi da quel piccolo pagano! gridò, e insomma l'aveva invitato per la crociera. Ma Ninì diceva che Sasà, adesso, a questi mezzi doveva ricorrere, e insomma criticava lo stile della cosa.

«Allora, stamattina» disse il mio amico, trasecolando, con una faccia che mi fece ridere.

«Eh, sì» risposi, «è probabile.»

«La situazione è cambiata da un po' di tempo» mi diceva Sasà l'anno dopo, a Ischia, una sera... «Prima chi veniva da queste parti era o il signore pieno di soldi, che si voleva divertire a spenderli, e se lui si divertiva ne beneficiavi anche tu, oppure l'artista che portava un certo tono bohème, molto simpatico perché ti dava la possibilità di far passare la tua miseria per eccentricità. I due ambienti si amalgamavano, uno metteva i soldi l'altro la fantasia, dico bene?»

Con me gli piaceva discutere a questo livello, ormai ero fuori del giro, innocuo, vivevo a Roma, e potevo capire: Perché, dovevo ricordarmelo no? Dove stavano ora le belle donne di una volta? Quelle poche che vedevi non venivano da queste parti per divertirsi, ma per essere esibite da chi le aveva prese in affitto, sentivano l'odore dei soldi e la puzza della miseria, o si volevano sposare, uh!... E le serate di una volta, quando uno si domandava: Adesso dove andiamo a finire? E i tipi come Mimì Ripamonti, Bebbè Morante, Pupetto Materasso, Tonino Molinari, Geggè De Simone, che ce la mettevano tutta, dove lo raccoglievi più un gruppo di spostati come quelli? Ragazze come Carlottina, Isabella, Paola, ognuna diversa dall'altra, dove le trovavi più? Ora belline, sì, nessuno lo poteva negare, ma tutte uguali santo Dio! Come uscite dalla catena di montaggio di una fabbrica di ragazze. Tutte con certi occhi che promettono chissà che – e poi cretine, ma cretine in un modo! Proprio scoraggianti. «No, no, le cose stanno cambiando, caro Massimo, non si può più venire da queste parti. Appena ti volti vedi gente coi cappellini da fantino, mamme e figlie col culo a terra e i calzoni a gamba. E i guagliòni che vengono fuori ora, quelli mi fanno ridere, con la camicia rosso fuoco aperta fino all'ombelico, una finta sicurezza, timidi ed esibizionisti, tutti con la testa un po' grossa, le gambe un po' corte, tarchiati che vogliono passare per longilinei, e rassomigliano tutti alle loro mamme, se ci badi. Pensa che fanno ancora la scena del bicchiere per acchiappare la donna. Figurati!»

Adesso queste scene non si potevano più fare, non era serio, sistemi invecchiati, non ci si poteva confondere con uno di loro. Ma quattro chiacchiere in un tête-à-tête un po' spinto, con qualche bellezza di passaggio, le sapeva ancora azzeccare, truccando bene le carte. E se apriva il gioco in un posto solitario, quando la luna saltava fuori come il settebello dal mazzo, allora chi lo poteva battere?

Le donne intorno ai quaranta lo trovavano romantico, e lui lo sapeva. Ma le più giovani, quelle di venti, che lo guardavano con occhi divini e cretini, quelle no, non ci stavano al gioco.

Coi ragazzi, poi, s'era messa male, uno di loro gli aveva detto, senza cattive intenzioni pare: «A chi li vendi oggi gli avanzi della tua maschia bellezza?». Una volta avrebbe riso, ora invece gli scherzi non gli piacevano più, e mentre volavano i pugni, io, trattenendolo, avevo visto il suo occhio opaco, un po' sperduto, assente, che cercava di ricollegare quanto accadeva alla vera causa che l'aveva provocato.

Dopo due o tre episodi del genere l'estate è rovinata, come un vecchio leone lui fiutava il pericolo e così, a entrare in un bar con quelli seduti fuori, erano occhiate da western.

«Beviamoci sopra. Se non cadi nei liquori stranieri offro io» mi disse: «Qua, in questo caffè mi fanno credito».

E così avevamo cominciato a chiacchierare, e poi s'era fatto tardi, l'una, le due. Da qualche parte stavano ancora ballando, una voce urlava «Come primaaa, più di primaaa...». Aveva una faccia floscia e segnata, a quell'ora, si rilasciava e gli venivano fuori quei tratti di giovane vecchio, di bel ragazzo che non è mai passato per i gradi degli anni, ma un giorno è saltato all'improvviso, senza nemmeno rendersene conto, dall'adolescenza all'età matura.

«Ora ti debbo salutare. Non so ancora stanotte dove vado a dormire.»

«Nella mia stanza c'è un letto libero» gli dissi.

«Dormi con la finestra aperta?»

«Sì.»

«Allora accettato.»

La sera rientrando lo trovavo sdraiato a letto col giornale in mano, sempre disposto a fare quattro chiacchiere. Se ne veniva fuori dicendo che per risolvere la situazione mondiale, tutti nudi dovevamo andare in giro, tutti nudisti: «Te li immagini Eisenhower e Krusciov completamente nudi a fare i loro discorsi?».

E se stavo zitto continuava a ruota libera:

«Per esempio, a piazza Venezia, fai conto che quando Starace gridava dal balcone: Italiani salutate nel Duce il fondatore dell'Impero! fai conto che tutti quelli radunati nella piazza avessero risposto educatamente: Buongiorno!»

Lo trovavo piuttosto scadente. Forse lo capì perché tacque di colpo.

«Te la ricordi Carla Boursier?»

«Chi?»

«Carla Boursier.»

«E come ti viene in mente?»

«Come mi viene?» Per un momento sentii dentro l'antico furore: «Una mattina, da Middleton, a causa di Carla venimmo alle mani io e Guidino Cacciapuoti, e poi si capì che tra i due litiganti il terzo che godeva eri tu».

«Io?»

«Sì, tu.»

«Ma guarda un po' che vai a pensare...»

«Fu una mattina che eravate tutti ubriachi, anche Ninì, e lui lo disse per fare dispetto a Guidino Cacciapuoti, ma tu non hai negato.»

«Ah, sì?»
«Insomma tu sugli scogli di Villa Peirce non ci sei mai andato?»
«Sì, certo che ci sono andato.»
«Dico, con Carla Boursier.»
«Io di solito sugli scogli ci vado per pigliare il sole.»
«Ninì non poteva inventarsi tutto, così bene.»
«Ah, no? non sa inventare? Ma se vive solo d'invenzioni! Quello s'inventa sempre tutto, lo sai. E poi i ragazzini pensano continuamente a cose del genere, se le vedono davanti agli occhi come se fossero vere.»
Riprese a leggere il giornale. Poi lo lasciò cadere e spense la luce.
«Stasera ti trovo strano Massimo, lo sai? Nemico. Se vuoi, me ne vado.»
«Non dire sciocchezze, dormi.»
Ma neanche a me riusciva di dormire, avevo fatto male a parlare.
«Lo sai che m'ha detto un inglese?»
E ricominciò, già rinfrancato, col tono di prima: Debiti mai appesi in vita sua, al massimo qualche conticino d'albergo, qualche pranzo al ristorante, qualche whisky. Ma in cambio, quelli che chiudevano un occhio si vedevano arrivare clienti che nemmeno se li sognavano. Tre o quattro di loro e il posto diventava chic, tutti ci correvano. E chi li portava? Un inglese glielo aveva detto: Sasà, gli aveva detto, tu *lavori*. Lo sai che *lavori*? Negli altri paesi a uno che fa il tuo lavoro, lo pagano, gli danno uno stipendio, *publìc relasciòn*, si dice così.

«Be', l'anno scorso torno dalla Grecia e dopo una settimana di permanenza in un albergo di Positano, il proprietario, che bada bene è un mio amico, anzi *era*, non mi manda il conto? E che è questo? dico al cameriere. Guarda che c'è uno sbaglio, la cosa è ridicola. No, non è uno sbaglio mi manda a dire l'amico mio, lo stesso che prima mi chiedeva: Sasà per favore portami un po' di bella gente. E già, perché se no chi ci andava al suo albergo, fetente com'era?... Insomma è finita a maleparole e quel cafone a gridare: Ma che reclame e reclame, la reclame all'incontrario mi fai! Quel mascalzone, *a me*. Allora m'impunto, gli dico: Guarda, per pagare potrei pagare, ecco qua i soldi. Ma preferisco bruciarli piuttosto. E li ho bruciati, poche lire, eh! Ho anche io i miei princìpi, ti pare? Naturalmente a Positano chi ci mette più piede? Mai più. Se lo sognano. E poi, tutti a cantare *Scalinatella* affannando sulle scale dopo il bagno, ti pare una cosa tollerabile? Noò, non è possibile!... Ma che fai, dormi?»

No, non dormivo. Stavo pensando...

Lì, seduto a un tavolino di via Veneto, chi era quell'irriconoscibile signore con lo sguardo fisso, avvilito? Ma appena s'accorgeva che l'avevo visto, qualcosa si muoveva nei verdi occhi, e riacquistava quell'aria di passarsela a meraviglia che lo rendeva così simpatico a tutti.

«Be', che fai di bello?»

Era stato invitato dai Ruspoli, da Rudy, da una principessa romana, da Rizzoli, da qualche industriale pieno di Ferrari e donne, da qualcuno insomma per cui una volta si era prodigato in quelle famose serate che erano riuscite perché c'era lui, perché lui le aveva inventate addirittura. Non l'avevo mai visto in azione in quelle famose serate, nessuno dei ragazzi di Middleton aveva i numeri per esservi invitato, se non di straforo, e poi essere invitato per fare la comparsa... Lui no, altro che comparsa: una faccia tosta! Chi c'era stato, chi l'aveva visto, diceva che Sasà diventava un altro, un invasato. C'era in lui qualche cosa di nero e di civile sempre pronto a scattare nei momenti più imprevedibili, ed aveva veri e propri colpi di genio, che uno si domandava: Ma come ha fatto, come ha fatto a trovare una cosa simile, come l'ha pensata, da quale parte di se stesso l'ha tirata fuori? Pareva perfino intelligente e colto, se voleva, in quelle occasioni. Molti si ricordavano di lui così, e se per caso lo incontravano sopra una spiaggia, lo invitavano a Roma, a Milano, a Cortina, nelle loro ville. Una volta o due. Ora anche questo non succedeva spesso come prima, e l'invito non era completo, era solo una formalità, un invito semplice a colazione o a cena. Ma, mi stava dicendo, l'inverno a Napoli è una stagione insopportabile. Che si può fare, me lo sai dire che si può fare? I cinema alle quattro del pomeriggio, le facce del Circolo, via dei Mille, un caffè da Cimmino, e tu per le strade, mentre pioviggina, come un animale malandato. Il meglio era sempre la partitel-

la di scopone coi bagnini del Sirena, e a chi vinceva, una schedina del totocalcio già riempita. Quando non ne poteva più, si metteva il vestito di flanella grigia, quindici anni, ma tagliato alla London House, afferrava la valigetta targata Waldorf, Ritz, Claridge, regalo di un inglese, e se ne veniva a Roma. Ma anche qui si sentiva fuori del suo elemento, e lo diceva. Ci voleva il mare per lui, l'estate. Roma andava bene per uno come me, che non mi riconosceva più, diceva, portavo perfino la maglia di lana sotto la camicia, cosa da pazzi!
«E ora, da dove vieni?»
«Torno da Cortina. Una puntatina per distrarmi.» E raccontava chi c'era, le solite storie, la solita gente, i soliti napoletani che fuori si giocano la chiacchiera, fanno gli snob – e tutto con un'aria annoiata. Era proprio bravo, credibile, convincente, insomma pareva un milionario.
«Rimani a Roma?» gli domandai.
«Non lo so, dipende. Aspetto uno.»
E quello venne. Era un'imitazione malriuscita di Sasà da giovane, con meno linea. Si fermò il tempo di salutare e dire: «Be', io *vado*», come se avesse vinto una scommessa.
Sasà lo guardò: «*Se è vero*, buon appetito».
Così capii a volo la situazione, gli offrii un aperitivo, preferì un whisky. Al tavolo accanto al nostro venne a sedersi una bella donna che lui conosceva e che lo salutò – e l'aria di Sasà mentre mi parlava sapendosi osservato! Beveva il suo whisky come ascoltando la Settima di Beethoven, agitava appena il bicchiere, e il ghiaccio tintinnava dolcemente... Diventò spiritoso, come al solito parlò di se stesso, tirò fuori dalla tasca una pianta di Napoli tutta segnata di righe e cerchi con il lapis rosso.
«Questa è la zona dove abito io. Ho segnato in rosso tutte le strade dove ho appeso debiti, qua col tabaccaio, là col salumiere, là con un portiere. Circolare diventa sempre più difficile, tutte le strade d'uscita sono sbarrate. Vedi, è rimasto libero solo questo passaggio» e me lo mostrava sulla pianta.
Ordinammo un altro whisky.
«Allora devi cambiare casa, se no resti bloccato.»
«Mammà non vuole, c'è affezionata. E poi devi pensare che il creditore a lungo andare si stanca, sopravviene la sfiducia,

dimentica, e qualche volta se tu ripassi per la sua strada, tollera anche lo scherzo. Quando me lo paghi quel debito?... E che sono, un indovino? e tutto finisce con una risata.»

Il whisky l'aveva messo di buon umore.

«E tu dove abiti?» mi domandò.

«Ho una casa a Monte Mario.»

«Di solito mangi a casa o al ristorante?»

«A casa. Ho una donna a mezzo servizio che mi cucina, ma non è una gran cuoca, niente a che fare con Assuntina. Vuoi provare?»

«Ci penso io, non ti preoccupare.»

Appena arrivato si mise il grembiule, si precipitò in cucina, incantò la cameriera, e cominciò, pieno di brio, aneddoti, battute divertenti, a preparare una insalatina Francillon, una salsa meravigliosa per l'arrosto, spaghetti alla puttanesca come li fanno a Siracusa, il vino lo volle rosso, e visto che la donna si trovava a scendere volle anche le cozze per l'insalatina, e i gamberi, i gamberi! Te li faccio col cognac, poi mi dirai... Mentre si dava da fare intorno ai fornelli, raccontò di una volta che si trovava con una inglese a Bordeaux in un restaurant dove affogavano gli uccelli vivi nei barattoli pieni di cognac – come le ciliegine sotto spirito.

«Che cattiveria, però» disse la cameriera che ormai lo ascoltava a bocca aperta e gli obbediva ciecamente.

«Se ci pensi non dev'essere una brutta morte. E poi quando te li mangiavi perdonavi tutto, te lo dico io che di cucina me ne intendo, è il mio hobby.»

Dovetti riconoscere che era vero, se ne intendeva. E fu un pranzo spassoso, quello, insolito, bravo Sasà!

Dopo si sdraiò sul divano.

«A proposito di Bordeaux» disse, «ora ci vorrebbe un buon cognac.»

Ebbe il cognac, ma la digestione gli appesantiva le idee, diventò malinconico, parlando dei suoi compagni di una volta, quelli che avevano messo a soqquadro le isole e la costiera amalfitana.

«Se li vedi! La domenica a passeggio con la moglie e coi bambini, le stesse pance dei padri e degli zii, sempre ammosciati, non ce la fanno nemmeno a parlare con la normale energia, parlano strascicando, come addormentati. E sognano l'automobilina nuova, sognano la Giulietta, i soldi. Tu mi credi? Sono diventati quasi tutti così. In due o tre anni cambiano d'espressione come le donne incinte, pare che li aspettano loro i bambini. E poi fanno una vita gretta, un giro d'amicizie schifose, mai una volta che t'invitano a pranzo o a cena, così tanto per farsi due risate! Senti a me, tu non ti sposare.»

«E Guidino Cacciapuoti?»

«Uh! Pure quello! Ogni sera al Circolo, sempre a giocare, non gli è bastata la lezione che ha avuto. Sono tutti così, non ne hai un'idea! Davanti al tavolino si riducono uno schifo, è gente senza ideali, in fondo sono meglio io.»

Seduti al tavolo di chemin, tutti con la stessa espressione sovraeccitata o stolida a seconda dell'andamento del gioco, giovani e vecchi, tutti di una stessa età indefinibile, vecchi che parevano bambini, e bambini invecchiati senza saperlo, nel breve giro degli anni, come in un sogno... così li avevo visti, anche io, quelle volte che ero andato giù a Napoli.

«Io per lo meno vado a giocare a settemmezzo o a scopone coi bagnini» continuava Sasà: «Preferisco. Nei Circoli sono di una mezzacalzetteria...! E poi sono socio moroso».

Al secondo cognac mi raccontò come faceva a comprare radio a rate per rivenderle in contanti, e un certo giro piuttosto complicato di affarucoli. Dimostrò una conoscenza molto estesa del codice civile e penale, soprattutto nei punti dove lui lo sfiorava, e disse che il codice faceva acqua da tutte le parti, perché bastava studiarselo un poco e si vedeva che c'erano tanti casi non contemplati.

«Tu capisci, in una città dove il settanta per cento non ha un lavoro fisso, per forza devi inventare, non trovi? Ci costringono.» La sua fantasia lo spingeva irresistibilmente a inventare, anche quando non ce n'era bisogno, inventava perfino le cose che gli capitavano... «La mia vita è stata tutta un'invenzione.» Tentò questo spunto, ma non reggeva, lo lasciò perdere. «Va', dammi un altro cognac.»

Si scolò tutta la bottiglia. L'atmosfera si ammorbava. Lo vedevo annaspare, ma senza tradirsi, alla ricerca di un'idea buona per una conversazione spassosa. Era il suo modo di ricambiare. E venne fuori di noi due quella volta con le tedesche, che poi non si potette combinare niente tante erano le risate nella stanza. Fu nel quarantasei o nel quarantasette? E Dado, quando usciva nella piazza di Capri col corvo sulla spalla e Sasà gli tinse il becco col rossetto di una signora, e il corvo morì di colpo, e tutti a baciare la signora perché volevano rischiare.

Poi cominciò a perdere quota.

«Chiudi un po' la finestra per favore. Stanotte ho dormito alla stazione.»

Dormì fino all'ora di cena, restò a casa mia due o tre giorni – telefonate da tutte le parti, a tutte le ore. Disse, scusami se sono stato troppo invadente, grazie tante, e arrivederci. Tutte le volte che era venuto, mai chiesto un prestito, neppure cento lire.

L'anno scorso parlavano di lui a Ischia, a un tavolo dove Ninì si produceva, elettrizzato dalla bellezza di Gaia.

«Se tu non vieni con me, mi uccido!» diceva.

E Gaia era meravigliosa quando rideva: «Fa' pure...» con l'erre moscia: *puve*.

Da quando Picasso, ad Antibes, se n'era innamorato, tanto che le aveva fatto un ritratto, non dei suoi migliori in verità, lei se ne usciva con frasi così: «Non ti sei mai sentito come, sai, quando si guarda e si vede una casa, ma non ti sembra una casa?...» con due occhi al neon non guastati da un'ombra d'intelligenza, e un italiano che sulla sua bocca suonava come un idioma straniero. Solo così si parlava con lei, ma anche il grande Pablo ci passava sopra.

Ninì aveva tentato con ogni mezzo. Mentre mi raccontavano quello che era successo con Sasà, lui faceva ridere tutti perché, con molta disinvoltura, ogni tanto prendeva il bicchiere pieno di whisky di un signore seduto al tavolo accanto, e sempre parlando di Sasà, con le gambe accavallate e un'espressione di benessere, se lo sorseggiava tranquillamente, come se fosse il suo. Il signore non lo poteva vedere perché era cieco senza gli occhiali che gli aveva sottratto. Gli altri facevano gli scandalizzati, ma si divertivano, si aspettavano sempre che lui superasse i limiti. Lo feci smettere.

Allora aveva cominciato a dire a Gaia:

«Se tu non vuoi *scopave* con me, mi uccido!»

«Fa' *puve*» disse lei ridendo.

E lui aveva preso un bicchiere a calice, l'aveva addentato con un morso, e aveva cominciato a spezzarlo con i denti, a masticarlo, guardando fisso negli occhi di Gaia, mentre ruminava triturando vetro. Ne aveva la bocca piena – era rimasto solo il gambo del bicchiere – e minacciava di ingoiare tutto se quella non diceva di sì.

La scena era stata eseguita con una certa disinvoltura, era stato bravo a non tagliarsi – il bicchiere va prima di tutto bagnato – e Gaia ora lo guardava con gli occhi che parevano due albe del primo giorno della creazione. Se aveva voluto stupirla Ninì ci era riuscito, e quella sera io ballai con Gaia, ma lui se ne andò con lei sulla spiaggia. L'aveva conquistata, il vecchio trucco inventato da Sasà per strabiliare certi tipi così, funzionava sempre. L'intelligenza stava nello scegliere appunto il tipo adatto. Insomma accadevano queste cose al nostro tavolo mentre si parlava di Sasà e da qualche parte veniva 'na voce 'na chitarra e un poco di luna...

«... Antipatico non è, il guaio è che si crede ancora un tipo interessante. Conosceva solo me e Ninì, degli altri *nessuno*. Ci vuole una bella faccia tosta, chi si crede d'incantare? Uno si presenta davanti a una decina di persone che non conosce, si siede al loro tavolo come se fosse stato invitato, comincia a corteggiare le ragazze come se fosse Frank Sinatra, coi soliti discorsi, e hai notato che non è più nemmeno spiritoso? Poi al momento di pagare il conto si alza, e chi s'è visto s'è visto! Glielo avrei pagato anche, volentieri, ma allora meno sicurezza per favore! E poi scusa, perché ti meravigli?»

«Perché lui queste cose non le ha mai fatte.»

«E invece io sono sicuro che è stato lui. Te lo ricordi l'affare del brillante di Lady Comesichiamava? Lui glielo aveva *rubato*, e quella credeva di averlo perso. La mattina dopo, d'accordo, ha fatto finta di ritrovarlo sulla spiaggia e glielo ha restituito. Ma tanto chi glielo comprava a Sasà un brillante come quello?»

«Lo fece solo per farsi invitare, e forse davvero l'ha ritrovato.»

«E va bene, per farsi invitare. Una crociera di un mese, dico niente, servito come un re, e si lamentava pure del trattamento quando è tornato. L'Acropoli? Il palazzo di Cnosso? Niente aveva visto, nessuna curiosità del genere. Ecco il tipo. Poi uno che usa questi trucchi per farsi invitare... E tu, dopotutto non c'eri, non puoi parlare. Paola dice che è sicura di averla messa sulla sedia accanto alla sua. Viene Sasà, si siede, prende la borsetta e la mette a terra. Mariolina se lo ricorda benissimo.»

«Questo non prova niente.»

«Come sarebbe a dire che non prova niente? E la maniera come se l'è squagliata alla fine del pranzo?»

«L'avrà fatto per non pagare, l'hai detto pure tu.»

«Va be', allora vediamo che cosa ne pensano in questura. Paola naturalmente ha dovuto denunciare la scomparsa della spilla.»

«E quella cretina si porta la spilla nella borsa?»

«Non voleva lasciarla in albergo. Valeva qualche milione, che ti credi?»

La serata era appena cominciata, ballarono un po' buffi, e a Sasà non ci pensarono più.

Seppi che era stato arrestato. Poi venne fuori che la sorella di quella Paola aveva dimenticato la spilla in un'altra borsetta, e Sasà era stato rilasciato con tante scuse. Ma la cosa non gli era andata giù: il fatto che avessero arrestato solo lui, sospettato solo lui.

Partì da Ischia con la motobarca delle sei del mattino, senza vedere e salutare nessuno.

# X

E adesso eccolo là –

... l'ho appena visto, e rivisto com'era ai tempi in cui messo piede sull'isola domandava ai commandos dei ragazzi che l'avevano preceduto quali erano le donne più importanti, gli uomini meglio forniti di yacht e motoscafi, chi aveva maggiore influenza nel gran mondo, e dopo una settimana, senza cambiarsi mai una volta quella sua maglietta blu rosicata dal sale, già li aveva tutti conquistati –

... là, seduto al caffè, dal lato meno frequentato, quello della funicolare che dà sulla Marina Grande, ha appena rivolto verso di me la sua faccia di giovane sciupato.

«Vieni qua, Massimo, siediti.» Mi offre la sedia accanto alla sua: «Te lo ricordi, quello scrittore, Douglas, come si chiamava?, simpatico, sempre arzillo e di buonumore. Un giovanotto a ottant'anni passati. Anche lui preferiva questo lato. Arrivava col suo amico, quel bel bambino che una famiglia gli aveva ceduto per centocinquantamila lire, si sedevano e stavano a guardare il panorama. Si facevano compagnia, parlavano di filosofia. Gli uomini e le donne travestiti per la passerella nella piazzetta non lo interessavano. A me una volta m'incuriosivano, ora pure io preferisco i panorami. Guarda com'è bello stasera».

Una grande striscia rossa all'orizzonte, un rosso sfarzoso, e sopra nitido il profilo di lavagna viola delle isole, Ischia, Procida, Vivaro. Anche Capo Miseno, nella distanza, è come un'isola sospesa sul mare. Il cielo, verde acquamarina sulle nostre teste, dietro Monte Solaro, dove annotta, è di cartavelina blu trasparente. Un'increspatura lunga s'avvicina rabbrividendo veloce dalla parte dove è sparita la scia del vaporetto. Quando arriva, quel vento smuove appena i capelli di Sasà, ed è già scuro.

«Tutto questo ben di Dio e nessuno ci bada, sprecato. Mi dà malinconia lo spreco.»

Mamma mia, adesso dove va a parare?

«Tutto questo mi fa pensare a me stesso. Tante notti, tante mattine sulla spiaggia, tante risate, tante parole... ho riempito le vacanze di tanta gente, e ora?, poco fa passa uno di quelli che ne hanno approfittato, e mi saluta con l'aria di chi teme uno scocciatore. Perfino quel fesso di Cocò, pesce pilota, solo perché tiene i soldi...»

Per un momento i suoi occhi sognano ancora una specie di trionfo che avrà il potere di confonderli tutti... Ma in una sera così, l'estate, anche l'estate, è una noia, una festa in cui si ha la nostalgia di una vera festa.

«Ce l'hai una sigaretta?»

Accende la sigaretta. Non s'è accorto di aver lasciato spenta la mia, poi: «Scusa», fa scattare di nuovo l'accendisigaro, un accendisigaro ricavato da una pallottola di fucile: «Li usano i soldati. Porto sempre quest'affare, non fallisce un colpo, come me dieci anni fa. E sempre per la stessa ragione, non posso buttar via i fiammiferi, è uno spreco. Anche le sigarette le fumo fino all'ultimo. Una volta non mi pareva chic, ma non sentivo allora questo disgusto per lo spreco».

Compiaciuto scoraggiamento, vizio di svalutarsi per comodo, sfogo ruffiano – morfina napolitana... Eppure no: forse mi sbaglio. Ma tanto è impossibile fare con lui una vera conversazione, ne è stato sempre incapace.

«Pensa che cosa mi vado a sognare ieri notte? Un sogno strano. La cameriera della pensione dove sto, entra nella stanza a svegliarmi: Sono venuti a cercarvi, dice che dovete presentarvi al commissariato. Al commissariato, e perché? Nel dormiveglia all'improvviso mi ricordo che tanto tempo fa ho ucciso un tale. Ma me l'ero dimenticato, completamente. E adesso la chiamata. Come si può dimenticare di avere ucciso qualcuno? No, non l'avevo dimenticato, ora me lo ricordavo, e pure gli altri se lo ricordavano. Ma proprio ora, dicevo, quando tutto pareva veramente dimenticato e nessuno ci pensava più? Tu che queste cose le hai studiate, che significa?»

«Mah, può significare tante cose e niente.»

«Però, prima, sogni così non ne facevo... A proposito di cameriere, senti che m'ha detto la cameriera di una pensione di Anacapri. Dice che là c'è una vedova che mi vorrebbe sposare, s'è innamorata di me dieci anni fa e ancora mi vuol bene. Io non l'ho vista manco mezza volta, ma dice che tiene una casetta coi fichidindia, un pezzo di terra e qualche spicciolo. L'idea non è cattiva, il posto mi piace, hai mai assaggiato il vino di Anacapri, quello genuino che fanno là? Dice che anche lei non è male, giovane... Che te ne pare? Mi metterò a coltivare le rose nel giardino, come un gentiluomo inglese. A proposito, hai visto questi viveur venuti su ora, come si atteggiano a britannici? Cercano di essere composti, misurati, freddi, quando ordinano un whisky davanti a una signora. Poi sentono o vedono qualcosa o qualcuno che li interessa, e addio compostezza: cominciano a gesticolare come arabi, insomma uno sbracamento. Tuo fratello Ninì è meglio di questi, è più intelligente, più simpatico, ma esagera, vuole sbalordire ad ogni costo. Quell'affare della Grotta Azzurra, per esempio, troppo esibizionistico.»

«Sai dove dorme? Sono venuto a cercarlo.»

«Eh, è una parola, come fai? Senza fissa dimora, lo sai com'è... Io glielo debbo dire uno di questi giorni: senti a me, divertiti, ma non ti sprecare. E per chi? Me lo sai dire? Per quattro fessi che prima ti applaudono e poi quando t'incontrano fanno vedere che non ti conoscono nemmeno? Ma ne vale la pena? No, no, mi sistemo ad Anacapri, un rifugio tranquillo, silenzioso, una donna che ti accudisce, e la sera lo scopone. A Ischia non metterò più piede, il posto più caro del mondo. Da quando è sbarcato Rizzoli, credono che siamo diventati pure noi milanesi! Positano è troppo stretta, tutti imbucati nella Buca, ora l'hanno ampliata, rimodernata, l'hai vista? Non lasciano mai niente come sta, sempre questa smania di cambiare. E poi ad agosto sembra un autobus, una folla schifosa. Anche Capri, se è per questo, impossibile d'estate. Tutte 'ste vecchie in calzoni, 'ste facce tristi: un mortorio. Scenderò da Anacapri quando arriveranno le belle giornate di primavera. Mi piglio un sandolino alla Marina Piccola e me ne vado a fare il bagno in un posto che so io, nascosto in mezzo agli scogli, che pare una piscina, con l'acqua bianca, trasparente come in un bicchiere controsole. No, in fondo non è un'idea sbagliata, ci voglio pensare.»

Incrociandomi mi ha sorriso.
Pantaloni strettissimi, pullover nero lunghissimo, bionda coda di cavallo, dorato cimiero, le pupille due verdi chicchi d'uva, e quel sorriso ambiguo, fermo, come tirato, diretto a me. Dietro-front, seguiamola in piazza. Una mano sulla spalla, mi volto – Cocò Cutolo con camicia rosa confetto.

«Tu guardi ancora le donne?»
«Perché, tu no?»
«Sì, ma senza farlo notare, come se tenessi gli occhiali da sole.»
Intanto quella è scomparsa nella folla.
«Massimo, come sei cambiato! Non ti riconosco più, come se t'avessero preso a pugni in faccia. Senza la zazzera, scarso a capelli, serio... però non hai fatto ancora lo sguardo da pesce, l'occhio pare abbastanza vivo.»
«Ma guarda chi parla: pesce pilota!»
«Ecco, hai visto? Ti sei arrabbiato. Tutti uguali, mammamia! Volete essere corteggiati come le donne. Prima parlavi con Sasà, com'è ridotto, eh?»
«Non sei più il suo pesce pilota?»
«E chi ci resiste? Nessuno lo frequenta. Guarda, s'è liberato un tavolo, sediamoci.»

E finiamo io e Cocò Cutolo al caffè Vuotto, in prima fila.
Quest'anno lo spettacolo non è molto interessante, si sono allargate le maglie del setaccio, molte comparse schifose, villeggiatura familiare e qualche ostinato.

«Lui per esempio è uno di quelli che vogliono essere corteggiati come le donne, e guai se non lo fai... le reazioni più strane. Lunatici, uterini, ti dico, proprio femminili nei loro odi. Un altro di questi è Glauco, caso più grave. Per fortuna dopo l'incidente del motoscafo non s'è visto più. Pensa che una volta mi ha preso a schiaffi solo perché gli ho messo una mano sulla spalla e ho detto: Ecco il nostro cercatore d'oro! Che male ci sta a chiamare

uno cercatore d'oro? Ma lui l'ha preso come un'offesa, forse perché c'era altra gente, sai la Serino di Castelforte, la Montebrazzano, gente così. Lui non ci è abituato, è un inibito, quando si accorge che questa gente non gli parla e non lo guarda, impazzisce. Chi lo direbbe eh? con un fisico così. Ma deve capire che il fisico, dopotutto, non è tanto importante, che è inutile atteggiarsi con l'aria di siete-tanti-fessi, quando poi non sai azzeccare nemmeno due parole filate, t'inceppi, dici cose a vanvera, e appena apri bocca si vede chi sei. Tu a uno così gli metti una mano sulla spalla per fargli un po' di reclame, e lui...»
«Sei proprio nato con la vocazione, eh?»
«Che vocazione?»
«La vocazione di pesce pilota.»
«Finiscila con questo pesce pilota, se no debbo capire che insisti perché ti sono antipatico. Però i pescicani veri sono più riconoscenti. Lui mi odia dopo quella volta. È capace di cominciare a odiare una persona per una fesseria così, di documentarsi tutt'un'estate per giustificare il suo odio e mantenerlo vivo.»
«Io l'ho visto a Napoli, non mi pareva.»
«Ti dico, un caso patologico! Già un poco lo è sempre stato, non ti ricordi al Circolo, come niente menava le mani. Ultimamente qua era entrato in un gruppo, a inizio di stagione è più facile, teneva un motoscafo, Ninì lo proteggeva. Un gruppo niente di speciale, eh? Be' era capace di stare sempre zitto, e se parlava, giornate intere, dopo, a pentirsi di una frase stupida che gli era sfuggita, capace di evitare le persone con cui l'aveva detta, per non risentire l'umiliazione, e la frase non era stata nemmeno notata, perché quando parla chi lo capisce? Poi trattava una "facile" come se fosse una "difficile", e nemmeno quella gli dava retta.»
«Di' un po', dove posso trovare Ninì?»
«Ninì è poco visibile in questi giorni.»
«Perché, dov'è andato?»
«Ma come, non la sai la storia della Grotta Azzurra?»
«No.»
«I marinai lo stanno cercando, e se l'acchiappano non so come va a finire.»
«Che ha combinato stavolta?»

«Sai quei battellini di gomma in dotazione nella marina americana? Tengono una borsa di plastica con dentro un liquido che tu apri una valvola e tutto il mare intorno al battellino, per un raggio di parecchi metri, diventa giallo. Così i naufraghi possono essere avvistati dagli aeroplani. Lui è andato con uno di questi battellini nella Grotta Azzurra, e l'ha fatta diventare tutta gialla, un giallo limone arrabbiato, una cosa che fa male agli occhi. I marinai, è già la seconda giornata di lavoro che perdono. La mattina, quando hanno imbarcato i primi turisti e hanno scoperto la cosa, per poco non morivano dalla sorpresa. E te le immagini le facce dei tedesconi nella barca?»

«E ora dove lo trovo quel fesso?»

«Starà nascosto in qualche villa. Anzi no, aspetta, domani va a Positano con un motoscafo. Fanno una crocierina, Capo Palinuro e le Eolie, per una settimana. Intanto qua si calmano, e le cose si mettono a posto.»

«E se se ne tornasse a Napoli, a casa sua?»

«Figurati se quello torna! Sta così bene qua, tutti lo vogliono, tutti lo invitano, ha risolto il problema. Quest'anno ci vuole gente come lui, ci sta una mosceria in giro! Una volta, all'epoca che Dado girava col corvo e le scarpe incorporate nel calzone, c'era l'attrazione della mondanità, dei vestiti curiosi, della rivalità tra Dado e Rudy, tu te lo devi ricordare, parlo del '46, '47, '48. Ma ora vengono tutti col cappellino, col panino, col bambino, capisci, in una atmosfera così Ninì se lo dovrebbero affittare. Ah! La sai la storia del gangster? Uno che hanno restituito all'Italia, ma uno di quelli terribili, che ha fatto tremare l'America. In quindici giorni Ninì lo ha ridotto alla disperazione. Ogni volta che arriva in piazza lo saluta con un tà-tà-tà-tà-tà-tà e fa la mossa di chi impugna il mitra. Quello lo guarda senza apprezzare molto e Ninì insiste tà-tà-tà-tà-tà-tà. Certe volte mi viene paura a me per lui, perché il gioco lo prolunga fino all'esasperazione, e quello ti dico lo guarda fisso. Eh no, c'è poco da fare, queste cose Sasà le realizzava con meno slancio! E quando ha scommesso un cappuccino che avrebbe toccato il culo dell'imperatrice? Poteva andare in galera quella volta, per offesa al capo di uno stato straniero. Ma lui, per un cappuccino...»

Si avvicinano – una cinquantenne tutta d'oro da capo a piedi

che a tratti ride come un omaccione, una ragazza esile esangue sofisticatissima, con l'aria di consideratemiunsogno, un signore in shorts e cappellino tirolese – cercano un tavolo guardandosi in giro, ma con l'aria di non vedere niente e nessuno. Cocò trasformato. E chi saranno mai? Dopo inchini e baciamani, offre al trio sedia, tavolo, tutto quello che vogliono, solo per il piacere di stare in mezzo a questa gente che ordina whisky, lo ignora, e parla di altra gente da lui ignorata.
Arrivano i whisky. La vecchia mi guarda con l'occhio sbarrato, beve, poi continua:
«Non è la prima volta che muore un animale in casa loro. Nel parco della villa hanno un cimitero *enorme*, con tutte le lapidi, e sotto ci sono cani, scimmie, gatti, pappagalli, serpenti, tenuto benissimo, commovente.»
Qualcosa in me deve averla colpita:
«Lei che fa?»
Adesso che cosa le rispondo a questa? Cocò finalmente apre bocca:
«È il fratello di Ninì.»
«Ecco, ecco! Non è straordinario?» s'illumina e continua a fissarmi abituandosi, per successive approssimazioni, ad ammettermi nel suo universo. «L'avevo quasi pensato. Lo sa lei che suo fratello è... è... meraviglioso?» Sorridendo coi denti che devono essere ancora tutti suoi, tutti sani: «Domenica scorsa ci ha fatto mo-ri-re!».
Lo scampanio furioso della chiesa vicina, che rintrona nelle orecchie per un buon minuto, la costringe a tacere. Poi qualcuno li chiama, si alzano e se ne vanno come sono venuti, senza salutare.

Cocò distratto, esamina la sofisticatissima che s'allontana:
«Fianchi troppo stretti, due foruncoli al posto delle tette, ma fa la sua figura. In calzoni i tipi così sono quelli che stanno meglio, poi li vedi in costume... La vecchia, gran soldi. Ma intanto i whisky li pago io, nemmeno la mossa ha fatto. Guarda là, ti piace quella?»
«Quale?»
«Quella là, verde acqua.»

«Non è male.»
«Ninì se l'è fatta, fino all'altroieri. È una modella, un'inglese.»
«Allora saprà dove alloggia.»
«Io non so come fa, perché poi, diciamo la verità, non è un Adone, ce ne stanno tanti qua meglio di lui. Ninì è tozzo, ne convieni? Non ha una faccia molto fine, arriva appena appena sopra la spalla di quella là, non sa una parola di inglese. Eppure deve avere una comunicativa! Per esempio l'altra che stava prima qua, che t'ho presentato...»
«Veramente tu non mi hai presentato a nessuno.»
«Insomma la ragazza; pure quella s'è fatta. Dice che è piena di fastidi: Ahi! e mi fa male la forcina, uh! e mi guasti il trucco, il rossetto, più buio, meno buio, mi pesi. Insomma a sentire Ninì, una noiosa!...»
«Guarda che di balle ne dice tante.»
«Il sessanta per cento però è probabile. E poi le cose si sanno. No, no, quest'anno può fare tutto quello che vuole. Perfino i pederasti lo adorano. Sere fa tira fuori un pezzo di giornale con la teoria di uno scienziato che la causa del cancro sono le donne. Uh, guarda Mariella, là seduta vicino al tavolo di Sartre, te la ricordi? Stava con Pippotto Alvini al Circolo. Che schifo è diventata, eh?»
«E Flora?»
«Ancora bella, s'è messa con uno che la batte.»
«L'hai più visto Guidino Cacciapuoti?»
«Adesso s'è ripreso, ma non fa più la vita di prima. Lo sai, no?»
«Che cosa?»
«Un infartino.»
Gli occhi di Cocò sempre vaganti, frugando nella calca, da una faccia all'altra, da un'acconciatura all'altra, inseguendo qualcosa, aspettando qualcosa. Nell'ora di punta, prima di cena, insieme ad altri occhi presi come i suoi da nevrosi visiva, allenati dal gusto dell'infatuazione, dell'io-guardo-te-tu-guardi-me di ognuno in attesa di qualcuno che valorizzi l'istante, con momentanee fasi di tensione e delusione collettiva. E ora questi occhi isolano il corteo surclassato che attraversa la piazzetta. C'è la vecchia tutta d'oro, la sofisticatissima fastidiosa, Zazà Gabor o una che le assomiglia, un'altra divina rossa di capelli, tre uomini della

razza del denaro e il loro piccolo seguito. Nella scala dei valori di quest'estate, che si tiene piuttosto bassina, sono loro il clou. Si fermano indecisi, riattraversano tutta la piazzetta fendendo la folla anonima delle comparse, cambiano idea, no, non vanno più al Gatto Bianco, e dove allora? Gli occhi di Cocò, i miei, quelli degli altri seduti al caffè Vuotto, seguono per suggestione collettiva in su, in giù, di nuovo in su, l'andirivieni, come a una partita di tennis, finché quelli scompaiono sotto l'arco.
«Vuoi scommettere che pure Ninì è invitato? Vieni seguiamoli» dice Cocò, e si alza smanioso.
«Figurati se ho voglia.»
«Ma non stai cercando Ninì?»
«Non mi va di pedinare.»
«Allora pedino io, se c'è Ninì te lo porto.»
«Sì, pilotamelo qua.»
Pesce pilota non raccoglie, si allontana in fretta. Mi lascia i tre whisky da pagare.

Sistole e diastole turistica, il cuore di Capri è la piazzetta, e tu, obbediente alle leggi che regolano la circolazione dell'isola, vieni pompato nelle vene delle stradine. Il flusso scorre e ti convoglia controvoglia, defluisce, rifluisce in piazza, poi riprende. Nel percorso è riapparsa, o mi è sembrato, la bionda coda di cavallo, quella che mi ha sorriso. Così adesso ho qualcosa da fare: cercarla nel flusso che mi trascina, tra facce che riconosco, che ho viste giovani anche se non so attribuir loro un nome, e che ora mi vengono incontro un po' ossessive. E poi una di queste facce cotta dal sole mi fissa, restiamo a guardarci, anch'io fermo a tre metri di distanza, e scoppia un riso d'amicizia e di scherno: «Mauro! Anche tu qui, in quest'infernetto?». Io rido di lui grasso, di lui col travestimento caprese un po' spinto, di lui con la camicia alla mugico sui pantaloni rossi, di lui con moglie, di lui con l'espressione da viveur a riposo. Lui ride di me: e chissà che vede – la psicologia è nata in provincia, non c'è da star tranquilli. Dove andiamo? – Al Grottino, ho detto. E finiamo insieme a cena.
«Li fai ancora i tuffi?»
«No, oppure sì, qualche volta, per caso.»

«Pensa» dice alla moglie, «a Positano faceva i tuffi da uno scoglio alto più di quindici metri. Anche dalla terrazza di casa sua, li faceva...»

E continua su questo tono a mitizzarmi, a mitizzare noi due da Middleton, se stesso al Casinò, se stesso all'epoca delle duecentomila a sera (buuum!), se stesso con la fuoriserie, e poi di nuovo me campione subacqueo – mentre la moglie mentalmente forse ci confronta con i due di allora, e dal paragone dobbiamo uscire piuttosto malconci.

«... arrivò con una cernia. Quanto poteva pesare, Massimo, quella che pigliasti sotto Nerano! Un bestione! Sott'acqua non lo batteva nessuno, ci stava lasciando pure la pelle. Ti salvò Glauco, mi pare, appena in tempo, è vero?»

«Sì. L'ho visto a Napoli, abbiamo parlato del Venezuela, da ridere.»

«La sai la storia del motoscafo?»

«No.»

E ora il cantante attacca: Marri-na, Marri-na, Maarina...

«Be', dopo te la racconto con calma. Ma di', vai ancora sott'acqua?»

«No. Non ci vado più.»

Dalla strada, tre gradini più in alto, ogni tanto qualcuno s'affaccia sulla soglia del ristorante, lancia una occhiata in basso dominando la piccola saletta affollata di tavoli, e scompare. Qualcun altro che preferisce aspettare, s'accoccola sopra i gradini. Marri-na, Marri-na, Maarina... per qualche minuto la voce occupa tutta la cubatura della saletta. In una pausa, accento milanese: «Pure tu, caro, al buio sembravi più bello».

La moglie di Mauro ride, graziosa ammiccando, e dice zitti, vuol sentire ancora quei due al tavolo vicino, ma è impossibile, a *Marina* segue una canzone napoletana che altera la faccia del cantante. Subiamo, rassegnati, la sopraffazione sentimentale.

Seguitano ad apparire e sparire figure nel rettangolo luminoso della soglia: anche, vera o immaginaria, quella con la coda di cavallo bionda oscillante, apparsa e fuggita, come un animaluccio selvatico sull'apertura di una tana.

«Quanto ti trattieni?» sta domandando Mauro.

«Domani me ne vado. Ero venuto solo per afferrare Ninì, ma

a quanto pare è inafferrabile, va svolazzando di qua e di là, si nasconde, è una specie di Peter Pan.»
«Lo sai che un po' gli rassomigli?»
Anche la moglie di Mauro è dello stesso parere: «Alla lontana».
Di nuovo nella piazzetta.
«E allora?» dico a Mauro. «La storia del motoscafo?»
«Ah, già, tu non sai niente.»

Un mare terribile che s'era ingrossato di colpo mentre loro, incoscienti, mangiavano e bevevano da Vincenzo alla Marina Piccola, fino a tardi. Erano in tre, e glielo avevano sconsigliato di tornare alla Marina Grande con quel mare, d'altra parte come facevi a tirare il motoscafo sulla spiaggia? Ormai non si poteva più, si sarebbe scassato. Così Glauco aveva deciso. Era furioso, disse dopo, perché uno di quei due, passata la Punta del Faro, aveva vomitato sporcando tutti i cuscini, l'altro sempre più ubriaco, si sentiva male. Bella compagnia. A un certo punto, pare, il motoscafo s'impennò dritto sopra un'onda più alta, e fece una mezza virata. Nello scarto quello che aveva vomitato scivolò a mare. Glauco, così dichiarò ai carabinieri, aveva affidato il volante del timone all'altro e si era tuffato. Aveva raggiunto il punto dove quello era caduto, e si era guardato intorno: scomparso. Con gli occhi che gli bruciavano aveva visto allora il motoscafo che girava descrivendo un cerchio largo. Quel disgraziato non sapeva come fermare il motore, non riusciva a tenere il volante, in un barlume di lucidità l'aveva fissato con una corda, e ora sbatteva di qua e di là nello scafo come un fantoccio, afferrandosi disperatamente dove poteva, senza capire più niente, con l'anima che gli usciva dalla bocca e dagli occhi. Il motoscafo continuava a descrivere sempre lo stesso largo cerchio fisso. A un dato punto del cerchio il fianco rimaneva esposto all'onda e imbarcava acqua a torrenti. Glauco aveva urlato, pianto, imprecato, ma chi lo poteva sentire? Dalla costa avevano capito quello che stava succedendo, perché armarono subito una barca, ma pure se fossero arrivati in tempo come avrebbero fatto a fermare il motore? Dovevano aspettare che la benzina finisse, e allora poteva continuare a girare così per altre due ore, e in due ore dieci volte sarebbe colato a picco con un mare come quello. Anche Glauco dice che se n'era reso conto, e non gridava più, guardava soltanto, ogni volta che riusciva a salire sulla cresta di un'onda, come il suo motoscafo affondava. Non pensava nemmeno a quello che era affogato, non gliene importava niente, non era un suo amico, lui non aveva amici, disse al maresciallo, era solo uno con cui aveva ammazzato una mattina mangiando e bevendo, per desiderio di compagnia, non sapeva neppure come si chiamava. Quando arrivò la barca di soccorso, le onde avevano completamente invaso lo scafo, Glauco lo aveva visto sparire, tirato giù dal peso del motore, come un piombo. L'ubriaco era stato salvato giusto in tempo, lilla era diventato. Il corpo dell'altro recuperato il giorno dopo. Uno dei marinai aveva detto: Saranno almeno cinquecento metri qua sotto. E Glauco, come quando parlava del Venezuela: Cinquecento? Questo è il punto dove è sceso Piccard, saranno più di mille metri.

«Pare che il comportamento di Glauco sia stato poi molto criticato. Si è parlato addirittura di espulsione dall'isola, ma non è esatto. Se n'è andato lui, di sua volontà» dice Mauro.

Dev'essere proprio vero che io e Ninì, visti a una certa distanza o di spalle, ci rassomigliamo, perché due volte già m'è capitato di essere confuso con lui, e per qualche istante mi s'è aperto il sipario sul mondo come probabilmente gli appare. S'è aperto e subito chiuso.

Una volta, in fondo a una raffinata caverna, fermo a guardare un cha-cha-cha come la danza rituale di una setta sconosciuta, pensando: come fai a parlare, a stabilire un'intesa con loro, se non conosci il linguaggio, il segreto dei gesti e le movenze? Due mani mi coprono gli occhi, la voce di un'Euridice dietro le spalle, che fa: Chi sono? – un odore-tepore di uccellino – mi volto: Uh! Scusi!... – e il sipario s'è chiuso.

E più tardi, di fronte al Tiberio Morgano, due occhi bizantini per un attimo alludono ridendo tra i capelli di tralice, poi muti eludono, ed è passata, con la cascata d'oro struggente sulle spalle, ingoiata dalla gola buia di un night.

Sono sempre queste le stradine di Capri, le case, le pietre, le canzoni, e insomma tutto lo scenario. E sono sempre io, davanti alla vetrina a controllare, come una volta, nel riflesso del vetro l'effetto del travestimento: i pantaloni con la stessa sfumatura segreta, il foulard che intona e stona sul pullover. Nel flusso della gente che ingorga la strada, tra facce distratte e distrutte che s'avvicinano e mi sorpassano: e che importa se ne ignoro il nome? le riconosco, a stento, come la mia se uno specchio di sfuggita la rimanda.

E là, in fondo alla strada, qualcosa-che-passa-e-sembra, bionda coda di cavallo oscillante, ha svoltato l'angolo. Cerco lei, cerco Ninì... e mi pare sempre di camminare dietro qualcuno di cui sento ancora, vicini, i passi sopra queste pietre.

# APPENDICE

# L'autore ai suoi lettori
## per il cinquantesimo anniversario[1]

In un tempo in cui i libri escono e in pochi giorni vengono dimenticati, un libro come il mio *Ferito a morte* che per cinquant'anni è stato continuamente letto e trova sempre nuovi lettori, rappresenta una notevole eccezione. Tanto più notevole perché *Ferito a morte*, per come è costruito, per la complessità della tessitura narrativa, per la polifonia delle voci e la varietà dei punti di vista, per quella sincronia che va avanti e indietro nel tempo mentre tutto è sempre presente, non è un libro "facile" e non sembra adatto a tutti i lettori. Ma è accaduto il contrario di quel che mi sarei aspettato, perché il libro quando uscì suscitò molte resistenze e molte diffidenze proprio tra i lettori che avrebbero potuto capirne meglio la novità, e che lo guardarono invece con sospetto, come si guarda un oggetto sconosciuto. Certo anche qui ci furono delle eccezioni e tra i primi a pronunciarsi in favore del libro, quando era ancora in corso la campagna per lo Strega, fu Goffredo Parise, che poi divenne uno dei miei più cari amici. Ma anche Nicola Chiaromonte in «Tempo Presente» ne aveva anticipato due capitoli che suscitarono molta curiosità, e Oreste del Buono in «Quaderni Milanesi» ne aveva scritto con ammirazione; e ancora Geno Pampaloni a botta calda ne aveva parlato da par suo alla televisione e

---

[1] Questa nota è stata premessa all'edizione di *Ferito a morte* pubblicata nel 2011 in occasione del cinquantenario.

poi nella rivista «Terzo Programma». Eppure nonostante queste notevoli eccezioni, come dicevo, il libro da molti degli addetti ai lavori fu guardato come una sfida alla narrativa corrente. Come si permette, questo giovane scrittore, di scrivere così in contrasto coi libri che scriviamo noi? E tiravano fuori Joyce e l'«imitazione di modelli stranieri». Ma per quanto riguarda invece il lettore comune le cose andarono in una maniera del tutto inaspettata, e la vera sorpresa fu l'immediata accoglienza riservata al libro, tanto che in breve, nonostante la sua complessità strutturale, *Ferito a morte* divenne un libro popolare, nel senso che fu amato e letto, per pura adesione sentimentale, da lettori che poco sapevano di questioni letterarie. Fu letto all'inizio a Napoli, con la nostalgia di un tempo che si sentiva perduto e che tuttavia è sempre vivo, nell'inconscio di ogni napoletano, come un paradiso che la bella giornata e il mare continuamente suggeriscono.

Ma la vera e più grande sorpresa fu un'altra: fu che questo stesso tipo di nostalgia, questo stesso sentimento di paradiso perduto, attribuito forse alla propria giovinezza, lo provarono anche lettori che con Napoli non avevano avuto nulla a che fare, persone nate in ambienti e luoghi diversi e lontani, e perfino persone che col mare non avevano avuto nessuna dimestichezza. E non questo soltanto: nei cinquant'anni che sono trascorsi si sono succedute varie generazioni di lettori, almeno tre, e sempre questi nuovi e giovani lettori hanno avuto nei confronti di *Ferito a morte* le stesse reazioni. Letto il libro lo scrittore Leonardo Colombati scriveva: «Ci si può immalinconire al ricordo di persone sconosciute? Si può provare nostalgia per un tempo mai vissuto, per un luogo mai visto prima?». E proprio questo è accaduto, proprio questo sentimento, come per miracolo, ha suscitato nei giovani suoi nuovi lettori *Ferito a morte*.

Spesso incontro gente della più varia estrazione, non intellettuali, gente qualunque, che mi dice con calore che questo libro, questo *Ferito a morte*, è stato per loro un libro di iniziazione, un libro rivelatore, un libro di formazione e di scoperta, e ogni volta a me la cosa sembra incredibile. E ho pensato a quello che scrive E.M. Forster nel suo bellissimo saggio *Gli aspetti del romanzo*: «Il banco di prova finale di un romanzo sarà l'affetto che per esso provano i lettori». Affetto, insomma, più che critico apprezzamento o letteraria ammirazione. E quando dico affetto dico qualcosa che mi sfugge non solo riguardo agli altri, ai lettori, ma anche riguardo a me stesso che ho scritto il libro. Leggendo un saggio di Alain Finkielkraut su Camus mi è sembrato di capire che forse è entrato nel mio libro, anche a mia insaputa, qualcosa che Camus chiama «la fortuna di esser nato povero in mezzo alla bellezza». Quando ho scritto *Ferito a morte* tutta Napoli era una città povera in mezzo alla bellezza, me compreso. Questa povertà non era per me la mancanza di un relativo benessere, ma era di non aver altra distrazione, nessuno di quei «divertimenti e diaframmi che ovattano le esistenze borghesi», niente, «nessuna ricchezza che ci separi dal lusso del mondo naturale». Quel lusso dev'essere entrato in *Ferito a morte*. Quel mondo naturale, scrive Camus, lui «non lo ha soltanto contemplato. Prima di diventarne, una volta pacificato, spettatore, lui lo ha toccato, assaporato, respirato, e si è ubriacato senza limiti dei suoi aromi, ha nuotato nella tiepida acqua del mare, ha vissuto sotto il sole in uno splendore regale. Sprovvisto del superfluo ha conosciuto la forza e la gloria». E, aggiungo: ha conosciuto come me il tempo in cui il mare era ancora un equoreo Eldorado pieno di pesci, un mare azzurro e silenzioso, senza motori e gommoni, avvolto con tutte le sue infinite trasparenze in un reticolo di luci tremolanti. È questo il mondo innocente cercato sotto il mare che è entrato nel mio libro. Quando Valentino Bompiani lesse il dattiloscritto di *Ferito a morte* mi rispose subito, a stretto giro di posta: «Il suo libro mi ha incantato». Fu questa la sua reazione. La stessa reazione di chi poi lo lesse e se ne innamorò. Ed è appunto questo che conta, come ha scritto Forster.

*Raffaele La Capria*

Giugno 2011

# Indice

V  *Prefazione*
   di Sandro Veronesi

   FERITO A MORTE

   *Appendice*
151 L'autore ai suoi lettori
    per il cinquantesimo anniversario